ロミオとサイコ

県警本部捜査第二課

柏木伸介

角川文庫
23809

目次

第一話「ロミオとサイコ」

一〇月二日　月曜日　6：48

「おれ、かっこいい」

鏡に向かって呟（つぶや）いた。我ながらうっとりしてしまう。

おれの名は猿渡朗希（さわたりろうき）。県警一の色男（ロミオ）と呼ばれている。

Q県警本部捜査第二課に所属し、階級は巡査長。私服捜査員、こう見えて刑事だ。

祝華（いわいばな）市内の自宅アパートで、おれは洗面台の前に立っていた。全裸だ。鍛え抜かれた肉体が鏡に映っている。

早朝のシャワーを習慣としていた。連日の早起きも、身支度のためなら苦にならない。おれという芸術品を完璧（かんぺき）に仕上げる作業だからだ。濡（ぬ）れた身体をバスタオルで拭（ふ）き、髭（ひげ）を剃（そ）り、歯を磨いた。加えて、口臭予防の措置も行なう。

剃り加減を手で確かめた。おれの顔は彫りが深い。顎を撫でながら、改めて思う。眉は逞しく、目は切れ長で、鼻筋が通っている。口は小さく、唇は形が良い。ギリシャ彫刻を思わせるとよく言われる。教科書でしか見たことはなかったけど。

若い頃のトム・クルーズに似ている。そんな評判を聞いたことがある。身長は奴より高く、百八十五センチを超えていた。ブラッド・ピット似と言う奴もいるが、どちらにしろおれの圧勝は間違いない。

髪を短く刈っているため、顔がより小さく見える。測ってはいないが、八から九等身といったところか。猿渡は県警一のイケメンだ。職場で会う職員、皆が言う。ゆえに色男――ロミオというあだ名がついた。

洗面所を出て、ワンルームの居室に戻った。下着をつけながら、ベッドに置いたクリーニング済みの秋物スーツを見下ろした。

「今日から衣替えか」一人呟き、嘆息する。

一〇月になった途端、秋めくわけではない。まだ数日は真夏日が続く予報、暑苦しい日々が続くだろう。だが、カレンダーを無視したファッションはできない。周りの目もあるが、何より自分のプライドが赦さなかった。最高の絵画には、最高の額縁が必要だ。

スーツは量販店のバーゲン品だが、おれが着れば一流ブランドに早変わりする。腐りかけの野菜を高級ディナーに変えるようなもの。言ってみれば、おれ自身が魔法のスパイスなのだろう。そう見える代物を選んでもいた。顔つきや体格に似合い、互いを引き立て合う服をチョイスしている。その辺の目は利くつもりだ。

捜査第二課は、知能及び経済犯を主に担当している。詐欺に横領、不正融資や背任などの企業犯罪、汚職、選挙違反、通貨や文書の偽造も扱う。着任してまだ一年に満たない。以前は交番勤務だった。

スーツを着る前に、おれは自分の三角筋を撫でた。よく盛り上がっている。体格どおり運動神経は良い。体力もある。至って健康、めったに風邪さえひかないほどだ。勉強や事務仕事を苦痛に感じるのが、唯一の欠点か。本や新聞は読まず、映画も観ない。いつもと変わらぬ美しい顔や身体を見ても、気分は晴れなかった。最高の芸術品は人に感動を与えるものだが、それを上回る悩みの種が持ち上がっていた。

今日から、サイコが捜査第二課長に着任する。おれの上司となるわけだ。

サイコの本名は神木彩子（かみきあやこ）。高校の同級生だ。当時からそう呼ばれていた。彩子の〝彩〟を音読みにしただけではないと昔から言われていた。それが具体的に何を意味しているのか、おれは知らなかった。動物の〝サイ〟みたいな女という程度に考えていた。

この思い違いを、おれはこのあと骨の髄まで思い知らされることとなる。

一〇月一日　日曜日　8：45

昨日、おれは自家用のトヨタ・クラウンで祝華空港へ向かった。新任課長を迎えに行けと上司の指示があったからだ。

サイコは警察庁の国家公務員総合職、いわゆるキャリア官僚だ。警察庁のキャリアは、警部補の階級からスタートする。同期は一斉に昇進し、警視となった段階で都道府県警へ出向させられる。今のおれと同じ、二十八歳のころらしい。捜査第二課長のポストが多いらしいが、サイコのように出身地へ出されるのは珍しいそうだ。

駐車場にクラウンを入れ、空港のエントランス前へ向かった。数分待っていると、見覚えのある女が歩いてきた。十年ぶりだが、印象はあまり変わっていなかった。

警察官としては、女でも小柄な方だ。Q県警なら採用基準ぎりぎりだろう。昔からプロポーションは良かった。顔は小さく整っていて、ハリウッド女優のように大きな瞳が特徴的だった。〝幼少期からお人形さんのように可愛いと評判〟などと聞いたことがある。必要がないからだろう、化粧は薄い。長い黒髪を後ろで縛っている。濃紺のジャケットにスカート、白いブラウス。すべて送ったあとなのか、特に手荷物もないようだ。地方の高校なら一番人気でもおかしくなかったはずだ。この女がまともなら。

「おう、久しぶり」

おれはサイコに手を挙げた。にこやかな笑みも浮かべて見せる。作り笑いだが。

サイコから返事はなかった。身長は、おれの胸辺りまでしかない。近づいてきて、視線だけ上げてみせた。口を開く。

「着任早々、ごますり？」

変わってねえな。おれは心の中で吐き捨てた。十年前と同じだ。多少は素直になっているのではと、ほのかな期待を抱いていた。物の見事に打ち砕かれた形だった。

サイコは頭がいいことでも有名だった。高校時代は断トツの成績、東京大学にも現役で合格した。運動神経も良く、剣道部ではキャプテンを務めていた。

ただし、性格は陰険で陰湿。口を開けば嫌味が出る。口調は辛らつで、とりわけ男には厳しい。真面目だが、何を考えているのか分からない面があった。天才美少女との評判だったが、近づく男はいなかった。恋愛話も聞いたことがない。

だから、〝サイコ〟などと呼ばれてきたのだろう。おれは笑みを崩さなかった。大人の対応が必要な局面だ。

「疲れたろ。官舎まで送るよ」

サイコは県警の官舎に住むこととなっていた。昭和に建てられた崩れかけの平屋だ。若い女性なら洒落（しゃれ）た物件を望みそうだが、関心がないのだろう。高校時代もファッションには無頓着（むとんちゃく）と噂されていた。今日のスーツも、就活生用みたいに見えた。

現在、サイコの実家がどうなっているのかは知らない。昔から家族関係はよく分からなかった。空港を出て、正面の駐車場に向かった。精算を済ませ、クラウンへ案内する。

サイコは助手席ではなく、後部座席に陣取った。

クラウンを出し、空港通りに入る。おれは言った。

「こっちで、車とかどうすんの？」

「…………」

返事はなかった。黙って窓の外を見ている。

「お前、結婚は？　おれもまだなんだけど。恥ずかしながらさ」

これにも答えはない。独身であることは、庶務から聞かされてはいた。話の接ぎ穂を探していただけだ。接待の一環、せめてもの気遣いだった。

「官舎ぼろいけど、勘弁な。東京の警察庁ってどんな感じ――」

「Q県警っていい組織だよね」

おもむろに、サイコが口を開いた。淡々とした口調だった。

「あんたさ。さっきから、ずっとタメ口。上司を〝お前〟呼ばわり。一人称はおれ。課長にその態度で赦されるんだから。日本の官僚社会はブラック一色なのに。警察としては、すっごくフランクでフレンドリーだよね。模範的な職場で良かったじゃない」

頭に血が上ったのか、下がったのか。顔が青くなったのか、赤いのか。分からなかった。目の前が暗くなった。怒りなのか、恥ずかしさなのか、自分の感情がつかめない。ルームミラーでサイコを確認した。興味なさそうに窓の外を見続けている。

「……す、すみません」

おれは声を絞り出した。そう言うしかなかった。ハンドルを握り締めた。

そのあと、車内に会話はなかった。サイコを官舎へ送り、早々に退散した。

一〇月二日　月曜日　8：34

「課長になった神木彩子です。よろしくお願いします」

着任の挨拶は一言で終わった。素っ気ない表情や態度も加わり、課員一同からどよめきが起こった。仕切った課長補佐も戸惑っていた。

捜査第二課はじめ刑事部各課は、おおむね県警本部庁舎の九階に入っている。日当たりのいいフロアだ。

周囲の反応など気にもせず、サイコは自分の席に座った。これからどんな日々が待ち受けているのか。重い気分で出勤したおれは、追い打ちをかけられた気分だった。

内線が鳴り、おれは受話器を取った。

「よお。ロミオ」デコピンだ。「新しい課長はどうだ？」

おれはサイコを見た。自席で決裁作業に取り組んでいるようだ。次々と押印していく。昨日と同じく濃紺のリクルートスーツ、髪はひっつめだ。

「はあ、まあ、その……」歯切れの悪い答えしか出てこない。

「ふん」デコピンが鼻を鳴らす。「まあ、こっち来いよ。コーヒー買ってあるから」

刑事部長に呼ばれた旨、係長に伝え廊下へ出た。窓からは強めの日差しが射しこんでいる。真夏日になるとの予報だが、庁舎内の空調は先月末で止められていた。

刑事部長室は同じ九階の中央にある。部長には一人ずつ秘書がついているが、本日は有給休暇と聞かされていた。コーヒーを淹れさせることができないため、自分で買ってきたのだろう。ノックすると、デコピン直々に返事があった。

中では、長身で筋肉質な男がソファに座っていた。高級なスーツで身を固め、五十六歳とは思えない黒々とした髪を短く刈りこんでいる。往年の映画俳優を思わせる顔立ちは、眼光も鋭い。東映の映画で主演を務めてもおかしくない雰囲気があった。

「おう」デコピンが手招きする。「座って、これでも飲め」

テーブルに、ラージサイズの紙コップが二つ置かれていた。ストローが刺さり、側面には有名カフェチェーンのマークが印刷されている。中身は全部のせみたいな甘ったるいコーヒーだろう。デコピンは見かけによらず甘党だ、酒もいけるけど。おれは甘いのは苦手だった。デコピンの前に座った。

部長室は広い。日当たりも良く、明るかった。奥には重々しい木製のデスクが鎮座する。

デコピンは名を土光一という。〝一〟をピンと読ませるのは、オヤジのあだ名あるあるだが、名前をもじった以上の意味を持っている。

Q県警の刑事部長で警視正、部長級では筆頭株に当たる。本部長は警察庁の出向キャリアだから、地方の職員では実質トップといっていい。ゆえにほかの部長はもちろん、本部長でさえデコピンには口出しできなかった。

「しょせん警察庁のキャリアなんて〝お客さん〟だからな」デコピンはよく言う。「余計な真似しねえ限りは上げ膳据え膳で扱ってやるけどよ。向こうだって、やる気なんかねえんだから。出向先に首突っこんで一生懸命仕事しても、点数稼ぎにはならない。失敗したときだけ詰め腹を切らされる。哀れなエリートだ。その辺は連中も心得たもんさ」

そんな状況では、誰も真面目に働かないだろう。時が過ぎるに任せ、息を潜めているに限る。警察庁の出向キャリアは皆、そう考えているという。デコピンにしてみれば、東京からの客人など空気みたいなものだ。

「で、手に負えねえのか。神木ちゃんは」

デコピンの質問に、おれは甘ったるいコーヒーを喉に詰まらせかけた。

「……え、ええ。前にお話ししたとおりでして」

昨日、送迎した顛末を説明した。サイコの高校時代については話してあった。

「へえ。可愛い顔してんのになあ、一度しか会ってねえけど。さっき挨拶に来たから」

デコピンもストローを咥える。大きく一口飲み、息を吐いた。

県警内で、デコピンの人気は高い。警察官としては非常に優秀、度胸があり視野も広い。物怖じしないうえ、性格は竹を割ったようにさっぱりしている。部下に強圧的な態度も取らない。県警の幹部としては珍しいタイプだった。下からの人望があり、県内政官財界の信頼も厚い。組織維持を優先し、権力には従順。その反面、捜査に真摯な面もあった。

「まあ、いいや。おれが、きっちり型に嵌めてやるから。たまにいるんだよ。てめえを〝新宿鮫〟か〝室井さん〟と勘違いしてるバカキャリアが。どいつもこいつも、おれが調教して東京に送り返してやった。社会のルールってヤツをきっちり教えこんでな。その方が本人のためさ。今ごろ感謝してるだろ」

デコピンにとっては、警察庁キャリア組も地方の若手と大差ないのだろう。〝教育〟が必要な新人に過ぎない。

「調教っすか」

「変なこと考えんなよ。おれは紳士なんだ。セクハラ野郎は虫唾が走る」

デコピンは微笑った。形のいい唇が歪む。

「そういうわけだから、今夜はしっかり課長をエスコートしてこいよ。神木ちゃんには、おれから話を通しておくからよ」

ウィンクしながら、デコピンの笑みが大きくなった。サイコを誘惑するよう、以前から暗に唆されている気がする。

「そういうのは、お得意だろ。ロミオ」

9：02

課室に戻り、おれは仕事を始めた。今日は事務作業中心となる。

おれは地元の祝華市で生まれた。両親は小さな定食屋を営んでいた。兄弟はいない。親父はよくいえば気のいい、早い話が小心者だった。おれも似たようなものだが。断れない性格のため、頼まれれば親戚や他人に金を融通していた。ないときは借りてまで。そのため借金を重ね、挙句に店を潰した。あとは、あっさり病死だ。母親はスーパーのパートを始め、おれもアルバイトして生活を維持するしかなかった。

無理がたたったか、お袋は倒れた。おれが県警に入ってすぐのことだ。それからも入退院を繰り返している。金が必要だった。

そんなとき、おれはデコピンに拾われた。

デコピンは、お世辞にも善良なお巡りではない。悪徳の部類に入るだろう。県警内では、そうしたグループのリーダー格だった。県警の裏金も全部牛耳っている。裏工作の元締めや、県内権力層との調整役も務めていた。現職の県知事とは特に親しい。

金銭欲が強いが、権力欲はそれを上回る。苛烈な上昇志向を持ち、退職後は県の特別職や首長、国会議員まで視野に入れているとの噂だ。反社会的勢力など裏社会ともパイプを繋ぎ、影響力を誇っている。

そんな大物とペーペーのおれに接点ができたのは、ちょっとした偶然がきっかけだった。

当時、おれは祝華市内の交番で勤務していた。そこに、刑事部長御自らが電話をかけてきた。滅多にないどころか、まず考えられないことだった。民間なら、社長が新入社員に直接メールで指示するようなものだろう。

「よぉ。にいちゃん」まだロミオとは呼ばれていなかった。「被害届一件〝潰して〟欲しいんだけどよ」

デコピンの頼み。それは、レイプされた女性から被害届を取り下げさせることだった。被害を訴えてきたのが、当時勤めていた交番だ。ハコ長が話を聴いて、デコピンに相談したという。加害者が地元有力者の子息だったからだ。

「おれも、レイプ野郎は反吐が出そうなほど嫌いだが」デコピンは言った。「これは、被害に遭った女の子のためでもあるんだ。性被害を訴えた方が叩かれて、加害者が擁護される不思議な国だからよ、日本は」

おれが非番だったときの話らしい。あそこの交番には男前な巡査がいる。デコピンは評判を聞いていた。女性を説得するなら、若いイケメンを使った方がいい。ハコ長ではなく、おれに命じたのはそういう理由だ。

被害女性を呼び出し、おれは説得にかかった。自身のビジュアルとトーク力を駆使して。

「君の気持ちはよく分かるよ」おれは言った。「がんばって、よく勇気を振り絞ったね。でも、心配なんだ。世の中いい奴ばかりじゃない。好奇の目にさらされることもあるだろう。ぼくは君の味方でいたい。だからこそ傷つけられるところを見たくないんだ」

そんなことをつらつらと並べ立てた。効果のほどに自信はなかったが。

ともかく何とか説得は成功し、被害届は取り下げられた。地元有力者の子息は、今も大手を振って歩いている。被害女性のその後は知らない。

デコピンは感謝した。おれは刑事専務に推薦され、捜査第二課へ抜擢人事となった。巡査長にも昇任した。

以来、おれはデコピンの飼い犬となった。使い走りだ。恩恵も得た。貧しかったおれは車を持っていなかった。デコピンの紹介で、今のクラウンを物にした。中古だが状態は新品同然、ほぼ無料だった。

「猿渡。強化週間の決裁できたか」

「もうすぐ回します」

係長からの呼びかけで我に返った。来週から特殊詐欺防止の強化週間が始まる。そのポスター案を準備しているところだった。例年は一一月半ばに行なってきた。年末のボーナス時期を見越して、警戒感を高めたいとの趣旨だ。今年は状況が変わった。

先月末、捜査第二課は特殊詐欺の受け子を逮捕していた。ある高齢女性から、直接に県警本部へ相談があった。そのため署ではなく、うちの捜査員が被疑者を確保した。当該女性のファインプレーで、被害が未然に防がれた形だった。

被疑者は犯意を否認。SNSを通して連絡してきた人物に依頼され、アルバイトを行なっただけだ。犯罪とは知らなかった。そう主張し、勾留延長中だった。主犯格の男は身元不明で、通信の痕跡だけは確認できている。

事件はマスコミでも大きく取り上げられ、地元ではかなり話題となった。特殊詐欺に対する関心も高まり、その機に乗じて強化週間の前倒しが決定されたというわけだ。

簡単な作業だった。ポスターの図案は、警察庁からすでに送られている。人気タレントが詐欺への注意を訴えて、相談先なども記されているデザインだ。各都道府県警は図柄をそのままに、地名や電話番号など一部の文言を差し替えるだけでいい。

「これ、課長は初めてだから持ち回れ」

係長から指示された。決裁は単に文書だけ回す場合のほか、担当者が持ち回るケースもある。着任したばかりのサイコに、内容や状況を説明しろということだろう。

「決裁？　そこに置いといて」

サイコのところへ向かうと、決裁文書が山積みとなっていた。前任の課長は辞令が待ち切れなかったか、休暇を取って早々に帰京してしまった。よほど東京が恋しかったようだ。

その影響で、書類が大量に滞留している。急ぐ案件は補佐代決で済ませてあるから、軽微なものばかりのはずだ。

「今晩の件、部長から聞いてますか」おれはおずおずと訊いた。

「ああ、うん。よろしく」

煩わしそうな返答があり、手で追い払われた。蠅か蚊のような扱いだった。叩き潰されなかっただけマシかも知れない。

触らぬサイコに祟りなし。気を取り直し、おれは用を足しに行った。

トイレから戻ると、課内が騒がしかった。後方に人だかりができている。ポスターやチラシ、広報物などを掲示するコーナーの前だ。

「何かあった？」

おれが声をかけると、課員が蜘蛛の子を散らすように去っていった。

掲示板には、特殊詐欺防止強化週間のポスター案が張り出されていた。おれの決裁文書だ。

おれが差し替えた文言は、全般にわたって赤字で添削されていた。〝太〟と〝犬〟の誤字も大きく修正済みだ。目立つようにコメントも添えられている――〝お前は、のび太か！　鼻くそダーツ野郎〟

おれは顔から火が出そうになった。怒りと恥ずかしさで、頭は噴火寸前だ。掲示板から決裁文書を引き剝がし、おれは課長席に詰め寄った。

「何やってんだよ、お前！」

「お前？」

おれの言葉に、サイコの顔が歪む。毛虱でも見るような視線を向けてきた。

「……い、いや、その、あの」しどろもどろになる。「ひ、ひどいじゃないですか、課長」

「あんた、バカじゃないの」

鼻を鳴らして、サイコが吐き捨てる。呆れ果てたという顔をしていた。

「相変わらず顔しか取り柄がないのね。小学生でもそんな間違いしないわよ。文章も下手くそで読めたもんじゃないし。脳味噌が下痢してんじゃないの」

「こんなのパワハラですよ！」

「つまらない言葉ばかり覚えたがるわね。文句垂れる前に、てめえの無能さを反省したら。よかったわね、公務員はバカでもクビにならなくて。そのキレイな顔といっしょに、頭の中身もスキンケアしてきなさいよ。この顔だけ男が！　分かったら、臭い口塞いでさっさと席に戻る。ハウス、ハウス！」

家畜でも、もうちょっと丁寧に扱われるだろう。サイコは手元の書類に視線を落とし、もう話す気もないようだ。おれにも反論はなく、負け犬は小屋へ引き下がるしかなかった。

11：26

庁舎九階の休憩スペースで、おれはコーヒーを飲んでいた。アイスにした。頭を冷やして、気分を落ち着かせようと思ったからだ。

サイコが冷たく接してくるのには、思い当たるふしがあった。今回が初めてではない。

おれは祝華市立の小中学校を卒業した。勉強は嫌いだったが、何とか市内の県立高校へ進むことができた。そこで、サイコと出会う羽目になった。

サイコがおれを嫌っているのは、奴の親友を振ったからだ。名前など覚えていない。当時は女を袖にするのが日課だった。たいして可愛くもなかったことだけは記憶にある。

しつこい女だった。昭和の演歌か、フォークソングに出てくるような執念深いタイプだ。着る相手がいないセーターを編んだり、道で倒れながら人の名を呼び続けたりするような奴。そういう困ったちゃんを思い浮かべて欲しい。やたら粘着質で、悲恋の自分に酔っていた。

「お前、鏡見たことあんのかよ！」あまりの執拗さに辟易して、思わず口走っていた。「おれと釣り合うわけねえだろ、お前みたいな超ブスが！　世界はバランスで成り立ってるんだ。自分にお似合いのブ男とつき合いな。その辺にごろごろしてるだろ」

勢いに乗ったおれは、さらに吐き捨てた。

「お幸せに！」

振られたそいつはサイコに泣きついた。そこから奴の攻撃が始まった。おれの悪い噂を流し、女子連合を作って嫌がらせを始めた。相当いびられたように思う。面と向かって、罵倒されたこともある。

おれは気にもしていなかった。そんな暇などない。寄ってくる女を仕分けして、処分するのに忙しかったからだ。

高校を卒業してサイコは東大、おれは県内の国立大学へ進んだ。奨学金とバイトで学費は賄った。今も返済が続いている。就職活動の時期が来て、公務員を目指すことにした。志望理由は安定しているから——それだけだ。だが、勉強せず遊び惚(ほう)けてきたのが祟った。県庁や市役所は全滅、かろうじて最低の成績で県警に滑りこんだ。

高校時代といえば十年前だ。いまだ根に持っているとしたら、何というしつこさだろう。器の小ささが恐ろしくさえ思えた。第一、おれが振ったのはサイコじゃない。奴の友達だ。どうして、いまだに嫌がらせされなきゃならない。だろ？

悩んでも仕方がなかった。やり過ごすしかない。どうせ、二年もすれば東京に帰る。それまでの辛抱だ。

当面は今夜に集中しよう。面倒事はデコピンが収拾をつけてくれるだろう。

18：25

祝華市内中心部には有名な温泉がある。観光の目玉となっていた。

温泉街に限らず、市内のどこを掘っても湯が湧くといわれている。人口は五十万弱。温泉以外にも生活・農業及び工業用水も必要とされる。祝華市は水源の乏しい街だ。毎年、雨の少ない季節には渇水が危惧(きぐ)されてきた。

おれはサイコを連れ、温泉街のホテルへ向かった。最も古く、格式がある地元の宿だ。施設内には名の通った料亭もある。

県内市町村は山間部を除き、すべて内海に面している。海産物が豊富だ。旨い料理を食わせてくれる店は多いが、当該ホテルの料亭はぴか一だった。

「おう。お疲れ」仲居に座敷へ案内されると、すでにデコピンが待っていた。「まあ座れよ」

デコピンの勧めで、おれとサイコは室内へ入った。畳は新しく、柱は重々しい。床の間にかけられた書は意味不明だったが、高級品だろう。ただし広い部屋ではない。中央の座卓が座敷を占拠している。施設内に位置しているが、ほかの部屋からは切り離された設計になっていた。密談をするために作られたとさえ思える。

自身は下座に座り、デコピンはサイコを上座へ誘導した。おれは襖の傍に控えた。

座布団も柔らかくて上等な品だ。ほつれや染みは一つもない。

「どうだった、初日は」

デコピンがにこやかに訊く。浮かべる微笑に下卑た印象は感じられない。サイコは答えた。

「課の皆さんが協力してくださったおかげで、つつがなく」

「そいつは何よりだ。ま、少し待っててくれよ。もうすぐほかの連中も来るだろ」

今夜の会食に合わせて、捜査第二課の歓迎会は翌日に持ち越した。デコピンの指示だ。

仲居が男を連れてきた。中背で痩軀、温和で大人しい印象を受けた。服装も平凡なスーツ姿だ。年齢は還暦が近いだろう。

「お、いらっしゃったな」デコピンが相好を崩し、おれとサイコに告げた。「こちら隅野さん。県の企画部長さんだ」

デコピンが立ち上がったので、おれとサイコもあとに続いた。男と名刺を交換する。

〝Q県企画部長　隅野弘道〟とある。県庁内でも筆頭格の役職だ。

デコピンやサイコが腰を下ろすのと同時に、企画部長は土下座した。おれの手前に控え、額を畳へ擦りつけている。

「この度は、うちの豚児が大変なご迷惑をおかけいたしまして、誠に申し訳ございません」

隅野という名は最近聞いた。先日逮捕された特殊詐欺の受け子と同じ姓だった。

逮捕された受け子の名は、隅野陽斗という。三十一歳のフリーターだ。

事件は九月下旬に起こった。市内の高齢女性宅に電話があった。未亡人で一人暮らし、住まいは持ち家だ。

電話をかけてきた男は県庁職員、税務課の所属だと名乗った。続けて言った。

不動産関係の県税に滞納がある。住宅の差押えも検討中だ。期限が差し迫っており、時期的な問題から現金以外の納付はできなくなっている。本日中に支払えば、処分はされない。自宅へ直接取りに行くので、支払って欲しい。

滞納額は五十二万六千円と告げられた。女性に覚えはない。怪しみ、県警本部の捜査第二課へ通報した。

二課が県庁税務課に確認したところ、架空請求――特殊詐欺と判明した。捜査員を女性宅に派遣、待機させた。

一時間後、現れた隅野陽斗の身柄を確保。同日、逮捕状を請求した。現在も勾留中だ。

隅野本人は犯行を否認している。ＳＮＳで連絡してきた人物から、アルバイトとして滞納県税の徴収を依頼されただけだ。犯罪とは知らなかった。犯人は、県庁税務課の委託を受けていると言っていた。会ってはいないが、信用してしまった。そう主張した。

隅野は公務員志望だが、試験に通らずフリーターをしている。ただし、当該税務課で臨時職員をしたことがあった。人手が足りないため、県から経験者の紹介を受けている。そう言われて信じこんでしまったという。

父親が幹部なら、コネで県庁にも採用されそうなものだ。隅野は第一段階の学科試験で落ちていた。作文や面接まで進めばブラックボックスになるとの話も聞くが、学科の採点は外部委託で機械的だ。筆頭格の部長でも手出しはできないだろう。

おれは直接、当該事案とは関わっていない。逮捕や、その後の手続きを手伝っただけだ。隅野も顔を見た程度だった。

親父の企画部長と同じく、中背で痩軀。温和な印象も同様だ。そのためか、隅野の主張を信じる捜査員は意外と多い。

主犯格の身元は不明。女性宅に電話をかけた人物、いわゆる掛け子も分からない。当該女性に隅野の声を確認させたが、掛け子ではないとの回答だった。

隅野の私生活に関しても捜査は進んでいる。定職には就いていないが、金遣いが荒いとの評判だ。友人は多いものの、彼らも似たような経済状態だった。本人はじめ周囲の人間にも犯行動機はあるといえた。捜査は進展せず、勾留の延長が続いていた。

「……どうかお願いします。親の責任は痛感しておりますが、本当は悪い子じゃないんです。息子も大変反省し、心を入れ替えると申しておりますので。何卒ご慈悲を……」

県庁の企画部長は、土下座したまま肩を震わせていた。デコピンが背中に手を置く。

「部長さん。顔を上げて。どうぞお席へ」

「いえ、私はここで――」

企画部長は顔を伏せたまま動こうとしない。デコピンが何度もうなずいて見せた。

隅野陽斗の罪を軽くする。それが会食の趣旨だ。

デコピン――刑事部長が判断した以上、部内に逆らう者はいない。だが、捜査第二課長の了解と協力は不可欠だった。

テストの意味もある。サイコが使えるかどうか。駄目なら遠ざけ、イケるようなら手元に置く。今後の距離感を見定める必要があった。今回の特殊詐欺事案は、タイミングよく発生したともいえる。

デコピンは、代々の若い警察庁出向キャリアを手懐けてきた。籠絡し、いいように顎で使う。容易いことだと本人は豪語する。〝調教〟〝型に嵌める〟――午前中に言っていたことは、ハッタリや冗談ではない。

歓迎会を兼ねて、会わせたい人物がいる。デコピンは新任課長に、そう説明したはずだ。特殊詐欺事案との関連も仄めかしたことだろう。完全な騙し討ちは、かえって反感を買う恐れがある。サイコの歪んだ性格を考えれば、なおさらだった。

料理は運ばれてくる気配がなかった。もう一人、客があるとデコピンは告げた。その間、刑事部長は県庁の企画部長を宥め、サイコは宙を見つめていた。知らぬ顔を決めこんでいる。

「失礼します」

仲居の声に視線を向けた。隅野が跳ね起き、デコピンも居ずまいを正した。サイコは横目を向けただけだ。

毎日TVで見ているものの、会うのは初めてだ。中肉中背の部類だが、印象よりも小柄な感じに見えた。子どもの落書きを思わせる特徴がない顔立ち、年齢は四十二歳と聞いている。上等なスーツとシャツを着ているが、ネクタイはない。

我妻晴彦。Q県知事だ。

祝華市に地盤を持つ政治家一家、我妻家の長男だ。祖父は元祝華市長、父親も前期まで地元選出の国会議員だった。一族のコネと金で、県知事の座を得たといわれている。

Q県自体が伝統的に保守系の強い土地柄だが、祝華市では特に顕著だ。革新系政党も存在するが、形だけといっていい。街全体に、世襲政治家の地盤が強固に根を張っている。市民も封建的な気風が強く、保守的で権力に弱い。皆、長い物に巻かれ生きている。

我妻晴彦は首都圏の私立大学を卒業後、知事選出馬まで東京の大手広告代理店に勤務していた。この就職に関しても、我妻家の力によると噂されている。

デコピンは知事と親しい。おれも人となりは聞かされているが、いかにもボンボンといった感じのおっとりした性格らしい。ゆえに嫌味はないものの、頼りない。

今年は県知事の改選がある。来月初めに告示、下旬には投票となる。明日は立候補予定者説明会が県庁で行なわれる。

デコピンはじめ県内有力者に担ぎ上げられて、現職は二期目に立候補の予定だ。現在のところ、対立候補の出馬予定は聞こえてこない。祝華市はもちろん全県域において、我妻一族に盾突く輩(やから)など存在しないということだろう。

今夜の会合も選挙絡みだった。現在の県庁企画部長は、知事の懐刀といわれている。その息子が逮捕された。無投票に終わる可能性が高いとはいえ、選挙前のイメージダウンは避けたいところだろう。

今回の〝調整〟が成功すれば、デコピンと我妻家のコネはさらに強まる。おれのような下っ端にとっても悪い話ではない。ついて行って損はないはずだ。

「あなたは――」

上品な口調で、知事はサイコに話しかけた。

「神木彩子と申します」一礼して、答えた。「本日から着任しました県警捜査第二課長です」

デコピンが、わざわざ多忙な知事を呼んだ理由。端的にいえば、サイコをビビらせるのが目的だった。権力組織に生きる者は、より強い権力に弱いものだ。自身のコネを見せつけ、サイコを服従させる。デコピンはそれを狙っている。

「それでは、知事様。始めましょうか」

デコピンだけでなく県民は皆、Q県知事を〝知事様〟と呼ぶ。幕藩体制のころから意識が変わっていない。上様だのと呼ばないだけ、まだマシだ。

「はい、お任せします」

知事様は答えた。デコピンの目配せで、おれは仲居に始める旨を伝えた。人数分の料理と、ビールの中瓶数本が秒で並んだ。

ビールは生より瓶に限る。おれは常々そう感じていた。缶は論外、高級料亭で呑む場合はさらに美味い。

知事がサイコに酌をする。デコピンには企画部長が注いだ。隅野は次におれへ勧めた。恐縮して受け、注ぎ返した。知事にはサイコが返している。

デコピンが促し、知事の音頭で乾杯する。名目はサイコの歓迎会だ。

「それでは、神木課長の着任を祝して——」

グラスを合わせない乾杯のあと、全員が拍手した。サイコが軽く頭を下げる。

大きな座卓には、人数分の前菜三種が並ぶ。いずれも、祝華市近海の海産物を使った料理だ。量は突き出しレベルだが、並みの居酒屋ならメインを張れるクオリティだった。

それぞれ料理に手を伸ばした。おれは、お世辞にも食事のマナーが良いとはいい難い。神経を使いながら口に運ぶ。隅野とサイコは箸をつけていない。企画部長はうつむいたままで、酒も口にしていなかった。

会話はなかった。おれとデコピン、知事は黙々と前菜を突いている。

「課長。ビールが進んでいないようだけど」

デコピンがサイコに話しかける。二人の視線が絡んだ。

「アルコールは苦手でして」

「烏龍茶でも頼むかい。おい、ロミオ」

デコピンがおれの方を向く。サイコが右手で制した。

「いえ、結構です。それより、刑事部長は私に何かお話があるのではないですか」

「それなんだけどさ」デコピンがグラスと箸を置く。「課長。企画部長さんのお言葉でも分かるようにね」

デコピンは、あえて役職名を多用している。権威づけのためだ。サイコに、自身の立場を確認させる意味もある。

「マル被本人も反省しているというし、親御さんも心配なさっておいでだ」

自分の言葉に、デコピンが何度もうなずく。サイコは、はあと気のない返事だ。

「今回の事案は大変遺憾だし、マル被本人も不注意の誹りは免れないだろう。だけど、若者が一時の過ちを犯すことはよくあることなんじゃないかな。本人も反省しているというし。それに、県庁企画部長の息子さんだろ」

デコピンの視線が企画部長を向く。隅野が深々と頭を下げた。

「県庁職員の皆さんからも、心配の声が上がっているそうなんだよ。幹部連も心を痛めているというし。ねえ、知事様」

「ああ、そうですね」

特に表情もなく、知事が顎を微かに動かした。同意の徴らしい。デコピンには充分だったようだ。満足気に首を振り、続ける。

「部長の息子さん、陽斗くんはね。これからの祝華市や県を背負って立つ人材なんだよ。その将来を潰してはならない。そうは思わないかい」

「そうですね」サイコにも、特に表情はない。

「だろ?」デコピンがうなずく。「これはね、マル被個人だけの問題ではない。この地方全体の今後に関わる事柄なんだよ。取り扱いを間違えれば、大変な損失となる。治安を預かる者として、担当する地域の未来にも問題意識を持つべきだと思うんだ」

「なるほどですね」

分かっているのか、いないのか。サイコの反応は微妙だ。おれは鯵の南蛮漬けを一切れ頬張った。

デコピンは一息ついた。満足気に微笑んでいる。サイコの調教は、うまく進んでいると感じているようだ。型に嵌めるまで、残り少しといったところか。

知事に言葉はなく、宙を見つめているだけだ。たまに箸を動かし、グラスを手にする。眼前の会話には、まったく関心がないように見えた。

隅野親子の今後など、我妻一族には些末な事柄に過ぎないだろう。懐刀の部長といっても、首をすげ替えれば済む話だ。選挙絡みだから顔は出したが、座っているだけでいいと考えている。すべてはデコピン任せ。ちょんまげ時代の殿様は、こんな感じだったのかも知れない。

企画部長の隅野は何も口にせず、うなだれているだけだ。心配の種は息子の将来か、己の今後か。県庁の部長なら、職員としての出世は終了している。あとは関連団体に天下ればいい。

ただし、権力層の覚えめでたければ話は違ってくる。知事に目をかけられた場合、副知事や教育長など特別職の道も拓ける。その他の有力者とも懇意にしている強者なら、国会議員や市町村長の座を狙うことも可能だ。県警では珍しいが、デコピンはその一人だった。

そこまでの野望はなく普通に天下るとしても、より条件の良いポストに収まりたいと考える。県庁の部長まで昇りつめれば、還暦過ぎてもその後の道は多岐にわたる。平穏無事に定年を迎えられたらそれでいい。そんなことは微塵も思っていないだろう。そんなことを考えるのは、下っ端の負け組職員だけだ。

そうした観点からも、息子が犯罪者というのは致命的だった。加えて選挙も近い。知事の顔に泥を塗る真似は避けたいはずだ。

おれは知事を見た。涼しい顔のままだった。選挙間近に起きた部下のスキャンダルを、どう考えているのか。

我妻一族は地元政官財界だけでなく、マスコミまで掌握している。地元の新聞やTV局も、すべて支配下に置いていた。まれに〝報道は正義〟などと勘違いした新聞記者や、TVのディレクターが現れる。そいつらは我妻に批判的な記事を書いたり、ニュースを流したりする。すると、あっという間に閑職へ飛ばされて終わりだ。

何とでもなる。知事はそう考えているはずだ。生まれながらにして権力を持つ者。淡々とした振る舞いは、地域の支配者にふさわしい佇まいかも知れなかった。

今夜の会合でも、肝となるのは知事の存在だった。県庁の部長が依頼した程度で、デコピンが動くことはない。無視されて終わる。

無投票もしくは楽勝とはいえ選挙前。さすがの殿様も、部下の醜聞を看過できなかったのだろう。あるいは、取り巻きがご注進に及んだか。いずれにせよ、知事はデコピンへ詐欺事案の後始末を依頼することにした。

「それで、私はどうすればよろしいのでしょうか」

サイコは言った。グラスに口はつけず、箸も触ってさえいなかった。

落ちた。サイコを籠絡できたと、デコピンは悟ったようだ。表情から分かる。口元をかすかに緩め、穏やかな微笑を浮かべていた。

「事案の速やかな処理をお願いしたい」

喉が渇いたか、サイコの出方を見るためか。デコピンがビールを呷った。空いたグラスに、おれは酌をした。

「適正な形でね」喉を湿らせたデコピンの舌は滑らかだ。「そして、陽斗くんが一日も早く社会復帰できるよう取り計らって欲しいんだよ」

サイコは変わらぬ無表情で上司を見ている。デコピンも微笑んだまま続けた。

「課長もお分かりだと思うけどね。今回はある意味、マル被も被害者なんだよ。悪質な人物に騙されて、特殊詐欺の受け子にさせられたんだから。SNSでしかやり取りしていないのに、そんな人物をどうして信じられるのか。おじさんには理解不能だけれど」

おれは微かに笑った。サイコはくすりともせず、そうですかと答えただけだった。正座したまま足も崩していない。デコピンも調子を変えずに言った。

「主犯が不明のままなのは、気がかりなんだけどね。それよりも、隅野青年の処遇決定を優先したいと考えている。よろしく頼めないかな」

特殊詐欺で逮捕した以上、県警内部での微罪処分はあり得ない。検察への送致は必至だ。

　遠回しな表現をしているが、デコピンはサイコに隅野の罪を軽くしろと言っている。できれば検察に不起訴とさせたい。起訴となった場合でも、裁判所に情状酌量させる必要がある。検察官を説得するためには、県警から送る送致書の内容が重要だった。

「分かりました」

　サイコの答えは平静だった。デコピンを見つめたまま告げる。

「ご指示のとおりにいたします。早速取りかかりたいと思うのですが、まだ着任して間がないものですから、事案に関しまして不勉強な点が多いのです。申し訳ございませんが、この場を失礼させていただいてもよろしいでしょうか」

　サイコの申し出に、デコピンは軽く目を瞠った。

「そいつはありがたいが、そう急がなくてもいいんじゃないかな。勾留は延長しているし、課長も東京から着任したばかりで疲れてるだろう。慣れない職場で初日が済んだばかりだ。まだまだ料理も出るし、明日からでいいと思うんだけど」

「いえ。刑事部長直々のお申しつけですし、県庁の方々も心配していらっしゃいます。知事様や企画部長さんにも、わざわざお越しいただきました。私ものんびりしているわけには参りません。自ら陣頭指揮を執り、早急に対応いたしますので」

　サイコの視線が、おれに向けられた。

「猿渡くんはここに残って、刑事部長さんのお手伝いをお願いします。これから県警本部に戻りますが、私は一人で大丈夫ですから。それでは、これで」

サイコは音一つ立てず、そよ風のように帰っていった。知事と隅野、デコピンに深々と一礼して。

「何だよ、ロミオ」デコピンが鼻を鳴らす。「素直ないい子じゃねえか。お前があんまりビビってるからよ、こっちまで緊張しちまったぜ」

「はあ」おれは歯切れ悪く呟いた。

「私もこれで」知事の我妻が立ち上がり、デコピンに微笑みかけた。「予定があるものですから。あとはお任せしますよ」

自分の役目は終了したと判断したのだろう。〝よきに計らえ〟の殿様は、去り際の見極めだけは完璧だ。下々との宴会に、だらだらつき合う気はないのだろう。

「はい」デコピンが満面の笑みで答える。「知事様、お忙しいところ本当にありがとうございました。おかげさまで、万事つつがなく執り行なえました」

「ありがとうございました」企画部長の隅野が飼い主に土下座する。畳に押しつけられた額は、そのまま床下まで潜りこみそうだった。

我妻家の御曹司は右手を挙げ、こちらも風のように去った。育ちの良さが分かる所作だった。おれたち三人は玄関まで見送った。運転手つきのメルセデスベンツ・Sクラスが待機していた。公用の知事車はトヨタ・センチュリーだから、我妻家の私用車だろうか。話の性質上、県職員の秘書も同席させなかったようだ。

「いやあ、部長さん。よかったねえ」

「部長さんのおかげです。本当にありがとうございました」

県庁と県警。互いに部長と呼び合いながら、デコピンと隅野は喜びを分かち合った。

磨き上げられた廊下を部屋へ戻る。

「さあて、帰った連中の料理どうするかな。今さらキャンセルできねえよなあ」

和室に戻ったデコピンが嗤う。サイコの回答に満足している様子だった。

料理は前菜が済んだ段階だ。サイコと知事、二人分が丸ごと余っている計算になる。

隅野は座布団に座った。今度は正座でなく、胡坐をかいた。深々と安堵のため息を吐く。息子のためというより、自分の保身が叶った安心感からだろう。

おれは上座を見た。知事の席は前菜が半分、グラスが三分の一ほど減っているだけだ。サイコに至っては、まったく口をつけていない。

「全然食べてねえじゃねえか」うしろから、デコピンがサイコの席を覗きこんでいた。

「知事様の隣で、緊張して喉も通らなかったとか。それとも遠慮したのかな」

「そんなタマじゃないと思いますけど」

おれは眉を寄せた。知事を同席させ、サイコを威嚇する。デコピンは、自分の目論見が成功したと感じている。

「しおらしく見せようって魂胆ならいいんだけどな。それくらい計算高い方が、使い勝手がいい。まあ、いいや。ロミオ、残り物で悪いが食っちまえ」

お言葉に甘えることとし、おれはサイコの膳(ぜん)に手を伸ばした。ビールのグラスと、前菜を載せた皿の間から白い物が見えた。手に取ると、長形4号の封筒だった。中を見た。万札が一枚入っていた。

「部長、これ」

万札を見えるようにして、封筒をデコピンに差し出した。

「あははは」デコピンは声に出して嗤った。「可愛いとこあるじゃねえか。誰が割り勘にするって言ったよ」

今回の会食代金は、すべて県警の裏金で賄われる。長年にわたり捜査協力費などから捻出(ねんしゅつ)してきた汚い金は、膨大な額となっている。今夜の支払いなど端数にもならない。

裏金の管理は、すべてデコピンが行なっていた。架空名義のカードも作っている。色はブラックだ。

金融機関やカード会社は当然、金の正体に気づいている。そのうえで協力してきた形だ。全員がグル、旨味を皆で分かち合っていた。

「ウブだねえ、まったく」デコピンは真顔に戻り、鼻を鳴らした。「世間知らずのお嬢様もいいところだ。さあて呑(の)み直すか。ロミオ、酒追加しろ」

一〇月三日　火曜日　8：21

おれは軽い二日酔いで出勤することとなった。

昨夜、サイコと知事が去ったあとの料亭は大宴会となった。県庁企画部長の隅野は打って変わって呑み、食い、喋（しゃべ）った。

「猿渡さん、私はね。あのバカ息子には、ホント手を焼いとるんですよ」

隅野に背中をどやしつけられ、おれは真鯛（まだい）のかぶと煮を噴きそうになった。どうやら絡み酒らしい。

「部長なんて気楽でいいと思っとるかも知れませんがね。人の上に立つ者は皆、大変なんですよ。部下はマヌケばかり。そのうえ息子まで出来が悪いときたら、もうやってられないでしょう。ねえ、刑事部長！」

デコピンもくつろいだ様子だ。やたらと隅野に同情している。

「知事様にもご迷惑をおかけして……」

今度は涙ぐむ。泣き上戸でもあるようだ。

「私はドブに捨てられるところでした。来月は選挙ですよ。そんな大切な時期に、あのバカ息子が……。あのままでしたら、私は定年後の再就職もままならなかったでしょう。でも、そうならずに済んだ。皆さんのおかげです。本当にありがとうございました！」

そのうちに貞野と岩立が合流した。デコピンが、あらかじめ声をかけていたようだ。

貞野は県警警備部公安課長、五十二歳の警視だ。長身で体格はいいが、腹は出ている。上に乗る顔は猛犬を思わせた。

元は白バイ専科だったが、デコピンに見込まれた。今では右腕といっていい。

岩立は刑事部捜査第一課長で四十九歳。やはり警視だ。警察官としては小柄、垂れ眼で鼻は低く唇も薄い。見た目の印象は目立たず、どこにでもいる中年男といった感じだった。口数も少ないため、何を考えているか分からない不気味さがあった。

性格は冷酷かつ冷淡といわれている。汚れ仕事を一手に引き受け、デコピンのためなら殺人も厭わないという噂さえある。捜査第一課内に、子飼いの捜査員を抱えているらしい。実行部隊として、岩立の指示が下れば何でもする連中だという。

とはいえ、いっしょに呑むだけなら普通のおっさんだ。貞野と岩立は、サイコと知事が残した料理に舌鼓を打った。

宴は盛り上がった。ビールから日本酒、焼酎にウィスキーと呑み続けた。料亭で注文すれば割高で、酒代も跳ね上がる。誰も気にしていなかった。すべて県警の裏金で払うからだ。

数時間後、河岸を変えることになった。料亭への支払いは、デコピンが直々に行なった。裏金用のカードについて、名義や暗証番号を知られたくないらしい。

温泉街から少し離れた繁華街を目指した。移動にはタクシー二台を使った。

向かった先は高級キャバクラだった。デコピンの行きつけで、祝華市内ではもっとも値の張るハイグレードな店だ。

おれたちはカラオケつきの個室へ迎えられた。ガラス張りのVIPルームだ。特別扱いの常連にだけ使用が許される。

五人に一人ずつキャバ嬢がついた。酒はデコピンのボトル、ビンテージ物のシングルモルトだ。フルーツの盛り合わせも出てきた。

皆で歌い、騒ぎ、呑んだ。裏金のおかげだ。身銭を切らずに豪遊する。それが勝ち組の人生だろう。おれの未来は薔薇色だった。

「こんなことしてて、罰は当たらないんでしょうか」幸せすぎて不安になった。

「馬鹿野郎」デコピンは嗤った。声が酔っている。「この国の政治家はな、日本をふたたび戦争ができる国にしようとしているんだぞ。下手な反社よりタチが悪い。それに比べたら、おれたちなんか可愛いもんさ。なあ」

貞野と岩立がうなずく。デコピンはシングルモルトを喉に流しこんだ。国民の血税を掠めて買った酒だ。

気がつけば、日付が変わって数時間経っていた。さすがに解散となった。それぞれデコピンから金をもらい、それを使ってタクシーで帰った。

アパートへ帰りつくなり、おれは眠りこんだ。いつもどおり起きられたのは奇跡に近い。

県警本部のエントランスを抜ける際も、雲の上を歩いているようだった。廊下がふわふわで、足を取られそうだ。アルコールで頭に靄がかかっているが、気分が悪いということはなかった。むしろ満ち足りていた。

捜査第二課の課室に入った。すでにサイコは出勤していた。ネットニュースでもチェックしているらしく、パソコン画面に視線を向けている。服装が昨日と同じだった。徹夜したのか。まさかな。おれは自分の席に着いた。

「猿渡くん」

サイコに呼ばれた。重い頭を起こし、おれは課長席の前に立った。

「裏金の宴会は楽しかった？」

何事でもないようにサイコは言った。裏金の話はしていない。どこまで気づいていたのか。

「えっ、いや、その……」

「朝は何か予定ある？」

しどろもどろなおれを放置したまま、サイコは問う。ありませんと何とか答えた。

「朝礼済んだら、刑事部長のところへ行くから。つき合って」

分かりましたとは答えたが、何をしに行くのか分からない。昨日の今日では、特に報告すべき事項などもないはずだ。

「いいんですけど、何しに？」

「結果報告」

8：52

県警本部庁舎九階の廊下をサイコと歩く。ものの数秒で、刑事部長室に着いた。部長室をノックし、秘書に伺いを立てた。先客がいたようだ。貞野と岩立らしい。昨夜の礼にでも来ているのだろう。

サイコは〝結果報告〟と言った。相談や、指示の要求ではない。聞いたとき、おれは思わず目を見開いていた。隅野陽斗の減刑を指示されてから、たった一晩しか経っていない。何を報告することがあるのか。

「どうぞ」

秘書が部長室の奥を手で示した。二十代前半、男好きのする女だった。声も艶っぽい。

サイコと連れ立って部屋へ入った。

貞野や岩立と入れ違いになった。目配せをして微笑んでくる。昨夜は楽しかったな。そんなところだろう。公金泥棒同士の共犯意識みたいなものだ。

デコピンは自分のデスクに座っていた。さすがに昨夜の酒が残っているようだ。くつろいだ様子で、視線だけ上げた。

「朝から何だい」デコピンがこちらを向く。「面倒な話はやめてくれよ」

嗤うデコピンの前にサイコが立った。Ａ４用紙を数枚差し出す。

「本日早朝、隅野陽斗を送致いたしました。これが送致書のコピーです」

「えらく早いな。検察庁も、よく受けてくれたよな」

欠伸を嚙み殺し、デコピンはコピーを受け取った。表情が微かに固まる。

「はい。あんたにも」

おれにもコピーが渡された。一読し、一瞬で酔いが覚めた。

「当該事案の主犯は隅野陽斗です」サイコは告げる。「今回だけでなく、同様の余罪がかなりの数に上ります。すべて送致することといたしました」

「部長のお言葉により重要案件と理解し、私が直接取調べを担当しました」

サイコが告げる。デコピンは黙って、送致書に目を通している。おれも倣い、読み進めた。沈黙に包まれた刑事部長室には、夏の名残を感じさせる日差しが射しこんでいた。送致書の内容に従えば、検察は厳罰で臨むしかない。減刑など夢のまた夢だ。デコピンは送致書のコピーを置き、サイコを見た。平静を装っているようだが、内心は腸が煮えくり返っていることだろう。

「共犯はいなかったってのか」

デコピンが声を絞り出した。サイコは平然とうなずく。

「はい。すべて隅野一人の犯行です。動機は遊ぶ金欲しさ。就職が上手くいっていない割に、持ち前の浪費癖から金遣いが荒い。父親の企画部長がかなりの小遣いを渡していたようですが、これ以上甘やかさないためか最近は滞りがちとなり、金に困っていたようでした」

「隅野は、その女性の情報をどうやって入手した？」

「被疑者は公務員志望でしたが、試験に通らずフリーター暮らし。そうした生活の中で一時期、県庁の臨時職員もしていました。父親の紹介です。その際に住所や電話番号、持ち家か否かなどの個人情報を入手したと自供しています」

「電話をかけてきた奴。いわゆる掛け子の声は隅野と一致しない。女性は、そのように証言しているが」

「隅野は幼少時から、物真似が得意だったそうです」

次々と繰り出されるデコピンの質問に、サイコは粛々と答えていく。

「お笑い芸人など芸能人の真似をして、クラスの人気者だったとか。私の前でもやらせてみましたが、かなり上手でしたよ。さらに電話を通せば、当該女性が別人に聞き間違えても無理はないと考えます」

主犯から指示されたという通信の痕跡は、隅野が偽装したものだった。違法な端末いわゆるトバシのスマートフォンを購入し、自分のスマートフォンへ連絡していた。逮捕された際の責任逃れを見越してのことだ。あとは、県庁幹部の父親に泣きつけばいい。

デコピンは続けた。

「昨日、あの時間からでは、これだけの取調べは二二時までに終わらなかったろう。どうやったんだ？」

「本部長の許可を取りました」

取調べは一日八時間以内、五時から二二時までと決められている。この規定を超過する場合は、本部長または各署長の許可が必要だ。

「〝速やかかつ適正に対応すること〟。刑事部長直々の指示であり、被疑者の肉親も心を痛めている。その上司の県知事まで心配なさっておられる。そうお伝えしましたところ、快諾していただきました」

「しかし、関連事案の裏は取れてないだろ。夜中に裏づけ捜査は無理だからな」

「至急とのことでしたので、担当班に命じ裏を取らせました。すべて被害届が出ている事案ですので、照合は比較的容易でした。隅野の供述と一致しており、秘密の暴露も存在します。送致に関しましては、何の問題もございません」

デコピンは黙った。サイコは続ける。

「お急ぎとのことでしたので、失礼かとは思いましたが、先に本部長へ話を通し、送致の許可を得ました。検察官に対しても、早朝の送致について了解をいただいております」

サイコは担当検事の名を告げた。そいつは県警と揉めたくない、気弱な日和見主義者として有名な奴だった。県警が強く押せば、朝っぱらから働かされても文句は言わなかったろう。

「この送致書の内容なら、隅野は厳罰の方向となるだろうな」

デコピンが唸る。両掌で顔を擦った。

「そうですね」

サイコがうなずく。かすかに微笑んでさえいるようだ。

「高齢者から金品を騙し取るような輩は、地域の治安を預かる者として厳罰に処すことが望ましいと考えます。実刑判決により、しっかりと更生させた方が良いでしょう。本人の将来や、地域の未来にとってもその方が良いと結論づけました」

デコピンには言葉がない。サイコは続ける。

「それが被疑者にとっても、一日も早い社会復帰に繋がるはずです。隅野が地域を背負って立つ人材ならば、なおのことでしょう。一日も早く公判が始まるよう、検察官とも打合せしております」

手続きに瑕疵はなく、本部長も了解している。これ以上直截に減刑の指示を出せば、違法となりかねない。公務員には上司の命に従う義務があるが、適法な場合に限られる。

一度送致してしまえば、取り消すなど不可能だ。検察の判断を待つしかない。送致書の内容から考えて、不起訴や情状酌量はあり得ないだろう。さすがのデコピンでも、検事の判断まではどうすることもできないはずだ。

「そうか」

デコピンが声を絞り出す。頬が微かに痙攣していた。

「よくやった、課長。お手柄だね。着任早々苦労をかけてすまなかった」

「ありがとうございます。少し事後処理がありますので、これで」

一礼し、サイコは踵を返した。

9：26

「あの女は日本語が通じねえのか」

「そんなこと、僕に言われましても」

サイコが去る際、おれはデコピンに残るよう言われた。足音が聞こえなくなってから、発せられた第一声だった。

「何で、お前。あの女を監視しとかねえんだよ！」

「呑みに行こうって言ったの、部長じゃないですかあ」

デコピンは激昂している、おれは脂汗を垂らしながら、言い訳した。

立ち上がり、デコピンはデスクを回りこんできた。酔いは完全に覚めているようだ。

「黙れ！　口答えすんじゃねえ」

デコピンの右腕が閃いた。同時に、おれの額を激痛が走った。

伝家の宝刀――〝デコピン〟だった。この必殺技ゆえに、あだ名がついたともいわれている。破壊力は絶大で、祝華一の武闘派ヤクザを一発で泣かせたという伝説もある。

「ひ、ひどいじゃないですかあ」涙目になりながら、おれは訴えた。「パワハラ、いや体罰ですよ。これ」

「うるせえ！　これくらいで泣くんじゃねえ」

おれの眼前に、デコピンが顔を寄せてくる。

「おれのデコピンはな、レベル５まであるんだ。今のはレベル１。赤ん坊撫でてるみたいなもんさ。これ以上痛い思いしたくなかったら、気合い入れろ。気合いを！」

「どうしたらいいんですかあ」

痛みは引かない。おれは額から手を放すことができなかった。

「四六時中、あの女に張りつけ。ずっと監視して、目を逸らすな。で、結果を逐一おれに報告しろ」

「そんなあ。ずっと引っついてたりしたら、変に思われますよお」

「それもそうだな」デコピンが腕を組む。「よし、あの女の専属運転手になれ」

「へ？」

代々、専用の公用車は本部長にしか配備されていなかった。デコピンが県警の実権を握ってから、各部長級にもあてがわれるようになった。レクサスＬＳ５００を一台ずつだ。

「課長級に公用車なんてつけてないでしょう？　第一、車がありませんよ」

「警備部長辺りから取り上げて、あの女――サイコって呼んでたな――あいつにくれてやる。お前が運転しろ」

このままではサイコのお抱え運転手にされてしまう。空港へ迎えに行っただけでも、うんざりだというのに。何とか切り抜けようとしたが、額の痛みで脳が回転しない。デコピンの視線に気圧されていたのもある。

「いや、その、それはちょっと……」

「何だとお！　てめえ、おれの言うことが聞けねえってのか」

デコピンの右腕が上がる。おれは両腕で、自分の額を庇った。

二発目のデコピンはなかった。代わりに言葉が降りかかる。

「県警本部への送迎、現場への出動その他。サイコの足になって、奴の動向を監視するんだ。片時も目を離すなよ。あの女には、おれから話をしておく」

対応策を考えつき多少は安心したか、デコピンは自分の席に戻った。脚を組み、おれを見上げてくる。顔つきは厳しいままだ。

「お前は顔しか取り柄がねえんだからよ。そいつを使って、サイコをたらしこめ。いつもやってることじゃねえか。分かったな、ロミオ！」

12：58

おれは捜査第二課内の自席に座っていた。昼食を摂っていい時間帯だったが、食欲はなかった。額の痛みも引いていない。少し腫れてきたようだ。レベル1でこの破壊力なら、レベル5はどの程度なのか。考えたくもなかった。

「はあ。マジ疲れた」

「課長も無茶ぶりするよな。夜中に呼び出してよぉ。着任早々はりきり過ぎだよ」

背後から捜査第二課員の声がする。隅野陽斗事案担当の二人組だ。急な送致で忙しいのか、出たり入ったりさせられている。愚痴も出るだろう。サイコは席を外していた。

「刑事部長直々の指示だっていうんだから、しょうがないよ。でもさ、隅野の奴どうしたのかな。急にしおらしくなっちまって」

二人組の会話は続く。怪訝そうな口ぶりだ。

「そうそう。昨日まで〝おれの親父は、県庁の幹部だ〟なんて、偉そうにしてやがったのにさ。今朝になったら蒼い顔して、死んだような目で視線泳がせて。ぶつぶつ独り言も言ってたし。ちょっと話しかけただけで、びくついて。まともな精神状態じゃないぜ、あれ」

「課長、どんな取調べしたんだろうな」

笑いながら、二人組は出て行った。サイコの奴、隅野に何をしたんだ。

二人組と入れ違いにサイコが帰ってきた。おれの方へ近づいてくる。手には、綺麗にラッピングされた薄い包みを持っていた。

「昨日は悪かったわね」

サイコは言って、軽く頭を下げた。表情もしおらしい。

「添削した決裁文書、貼り出したりして。誤字とか指導するにも、ほかの方法を取るべきだった。管理職として失格よね。申し訳なかったわ。これ、お詫びの品。良かったら使って」

サイコは、包みをおれに差し出した。

「ありがとうございます」おれは包みを受け取った。

「あと、私の運転手を務めてくれるんだって。土光部長から話があったわ」

「はい。今日の夕方からお送りします」

「助かるわ。私、こっちでまだ車持ってなかったから。じゃあよろしくね」

微笑んで、サイコは課長席へ戻った。おれも、自分のデスクに向き直った。

お詫びの品とは。可愛いとこあるじゃねえか。おれは包装を剝がして、中を見た。

出てきたのは、小学一年生用の漢字ドリルだった。

第二話「贈収賄と談合」

一〇月一一日　水曜日　7：59

おれがサイコの運転手になってから、一週間と少しが過ぎた。毎朝欠かさずサイコを迎えに行き、夕方は県警本部から送る。その繰り返しだ。

官舎は昭和に建てられた木造平屋で、あばら家といっていい。庭木は赤道直下のジャングルを思わせ、排水桝（ます）からはひっきりなしに蚊が飛び立っていく。よくこんなところで暮らせるもんだと感心する。

Q県は職員に金を使わない。国のキャリアにもこれなのだから、下っ端向けの独身寮など家畜だって環境改善訴訟を起こすレベルだ。県警に、そんな根性のある奴は一人もいないが。

青い空に鰯雲（いわしぐも）が整列している。暑くも寒くもない、気持ちのいい陽気だ。短い秋を満喫しろと神様が告げている。そうしたいのはやまやまだったが、おれの気分は晴れていなかった。

サイコのパワハラは激化する一方だった。官舎から県警本部まで車で十五分。その間延々とおれの悪口をがなり立てている。鉄のパイプブラシを耳から入れられ、脳味噌をかき回されているような気分になる。

よく次から次へと新たな嫌がらせを口にできるもんだ。さすが東大卒、ボキャブラリーの豊富さには感心するほかなかった。おれの悪口でないなら最高だ。大学入試やキャリア試験に〝人徳〟という科目はない。今日も朝からネチネチやられた。

「あんた、新聞も読まないの！」

昨夜、祝華東署が手柄を挙げた。市の東半分を管轄する署だ。県職員と建設業者を贈収賄でパクっていた。収賄側は、地方機関の建設課に所属する柴田裕司という男。贈賄の方は、有限会社似鳥工業というちっぽけな建設会社の似鳥弘樹という二代目社長だった。今日早々に県警本部の捜査第二課が、署内に特別捜査本部を設置するそうだ。

おれは、そのニュースを知らなかった。TVはバラエティ、ネットはエロ動画とゴシップ記事しか見ないし、新聞は取ってもいない。

「頭空っぽ、中身ぺらぺら。ネットでもいいから、県警絡みのニュースぐらいはチェックしなさいよ、この顔だけ刑事。あんたは、金粉を全身に塗ってるゴキブリよ。自分でキレイと思ってるだけで、中身は害虫」

「そんな。課長、パワハラですよ」ハンドルを握ったまま、かろうじて反論した。

送迎車はデコピンから回されてきた公用車だ。覆面PC等の機能はついていない。レクサスLS500、V型6気筒3・5Lツインターボでグレードは最上級ときている。

価格は一千五百万円を超え、車体はダークグレー。空は秋晴れ、車は快調、快適なドライブになるはずだった。後部座席のうるさい〝積み荷〟さえなければ。

　サイコは鼻を鳴らしている。おれは頭をひねり、懇願してみることにした。

「課長。部下のいいところも探してください。褒められて伸びるタイプなんですよ、僕」

「褒めたら伸びる？」ルームミラーに映るサイコの顔は、極限まで歪んでいた。「あんたなんか褒めたら、私の鼻が伸びるわよ！　嘘吐いたピノキオになるじゃない！　あんたの長所は宇宙人見つけるより難しいから。それにね、自分でそれ言う奴は大抵能なしって決まってるの」

　黙りこむしかなかった。それが精神衛生上、もっとも良い気がした。

　サイコは今日も質素なリクルートスーツ姿だった。毎日、同じ服装に見える。何着か持っているのか、着替えてはいるようだから、ファッションに無頓着なだけだろう。

　県警本部玄関前のロータリーにレクサスを駐めた。サイコを降ろしたあとは、裏の公用車駐車場へ移動させるのがルーティンだ。

「さっきは悪かったわ、ゴキブリなんて言って。ごめんなさい」

　後部座席から降り立ったサイコが立ち止まり、車に顔を入れてきた。おれは後部座席をふり返った。反省したのか、可愛いところあるじゃねえか。サイコは続けた。

「同じ扱いなんて、ゴキブリに失礼だったわ」

9：01

「サイコの奴、何とかしてくださいよ！」

始業後すぐ、おれはデコピンに泣きついた。アポも取らずに刑事部長室へ向かった。先客は放り出すつもりだった。くそ真面目に仕事するしか能のない阿呆は出て行け。相手にもよるし、そんな度胸もないが、気持ちの昂ぶりだけはあった。

「朝からビービーうるせえよ、ロミオ」

部長席に座ったまま、デコピンは露骨に嫌な顔をした。昨日の酒でも残っているのだろう。

「女から罵られるのはイケメンの特権じゃねえか。いつものことだろ。日本にはな、金払ってでも罵倒されたい哀れな社長がゴマンといるんだぞ。贅沢言うな。プレイだと思え、プレイと」

無茶苦茶言ってやがる。そんな趣味は持っていない。

「泣き言並べてねえで、ちゃんとあの女を監視してろ。何か動きなかったか」

「これ以上続くようなら、パワハラ相談員にかけ合いますよ」

時代遅れの県警でも、各種ハラスメント対策が取られてはいる。どこまで役に立つかは疑問だったが。

「馬鹿野郎！」

デコピンの右手が動いた。デコピンされる。おれは自分の額を腕で庇った。

「んな真似したら、サイコの運転手から外されちまうだろうが」

デコピンは発射されなかった。パワハラ野郎から被害者を引き離して、相談の事実自体を埋め戻す。県警の相談員にできるのはその程度だ。鼻を鳴らして、デコピンは向き直った。

「いいか、パワハラはサウナと同じだ。苦しみのあとにととのうんだよ」

「そんなあ」泣き声しか出てこなかった。

「冷静になって考えろ。サイコの監視はどうすんだ。いくらおれでも、パワハラ案件は握り潰せねえぞ。職員からの信用に関わるからな」

妙なところが真面目で律儀だ。デコピンは続ける。

「しょうもない話持ってくんな。〝魔女の婆ァ〟だけでも頭痛えのによ」

デコピンの頭には、別の懸案があるようだ。無投票と思われていた県知事選に、対抗馬が現れていた。

来月の告示を控えて先週、県庁会議室で立候補予定者説明会が開催された。現職の我妻晴彦陣営以外に参加者はないと見られていたが、意外な人物が出席した。

やって来た小坂皐月は、書道教室を経営している六十五歳の女性。祝華市内ではかなりの有名人だ。

中肉中背でしっかりした体格、頭はほぼ銀色だが前髪の一部だけ赤く染めていた。市民には、いつも作業服を着ている印象がある。四十代で夫に先立たれ、現在も独身で一人暮らし。息子が二人いるが、独立して県外で就職している。

有名な理由は書道教室経営の傍ら、近所の通学路を毎朝清掃してきたからだ。併せて通学する子供の交通安全にも気を配り、地域に親しまれてきた。その功績により祝華市民賞を受賞し、地元のテレビやラジオへ出演するようにもなった。市内では人気者だが、政治経験は聞いたことがない。

いつも箒(ほうき)を持っていることから、国民的人気アニメになぞらえて〝魔女の掃除便〟、転じて〝魔女のおばさん〟や〝箒の魔女〟とか呼ばれたりしている。ほかにも〝箒のおばさん〟や〝飛ばない宅配便〟など、ニックネームはいろいろある。おれに言わせれば、〝レレレのおばさん〟がいいところだと思うが。

「あの婆ァ、何を思って説明会に来やがったんだ」

現職は無所属だが、保守系政党の推薦を受けている。祝華市では伝統的に保守系が強く、革新系政党は弱い。革新系は勝ち目がなくとも、必ず候補だけは立てる。活動しているところを見せないと、ただでさえ少ない支持者に見捨てられてしまうからだ。それでも今回は現職に勝てないと判断し、候補者を擁立しないことにしていた。

政治経験など皆無なはずの小坂皐月が、何を思って説明会に来たのか。本当に立候補するつもりか。何かと話題になっていた。デコピンも半信半疑だ。

現職知事を後ろ盾に持つ以上、対立候補は必ず落とす必要がある。どんな手段を用いてでも。それがデコピンに与えられた任務だ。無投票で楽勝と思っていたところに、訳の分からない奴が手を挙げた。気分が悪いのも無理はなかった。

「魔女にも困ったもんだよな。まあ、泡沫候補の見本みてえなもんだけどよ。どうせ落選するくせに、一回選挙すんのにいくらかかると思ってやがんのか。無投票なら税金使わずに済んだものを。とんだ無駄使いだぜ。まあ、ホントに魔法でも使えるってんなら話は別だが。話は変わるが、昨日のサンズイ」

サンズイとは汚職事件を指す。〝汚〟にサンズイが入っているためだ。出勤時に、サイコが言っていた県庁の贈収賄事案だろう。はいと答えた。

「お前も東署の捜査本部に入んのか」

午後から向かうように言われていた。祝華東署最上階の大会議室に、捜査本部が設置される。そう答えると、デコピンの機嫌が少しだけ直った。

「よしよし。じゃあ、おれが手を回す必要はねえな。この間みてえにサイコが余計な真似しねえよう、よおく見張っておくんだぞ。おれへの報告も忘れんなよ」

捜査第二課において、おれは若手の下っ端だった。東署の捜査本部でも、大した仕事は回されないだろう。サイコの動きに目を光らせる余裕はあるはずだ。了解した。

続いて今夜空いているか訊かれたので、予定はないと返した。

「飛ばねえ魔女は、ただの婆ァだ」デコピンが鼻を鳴らした。「大丈夫とは思うが、念には念を入れとかねえとな。今夜、夏崎から情報買って来い。金は渡す」

20：16

「よう、ロミオ。この間の合コンはハズレだったな。ワリい、ワリい。今度は、もっとちゃんとしたメンバー用意しとくからさ」

「夏さん、頼むぜえ」

デコピンの指示どおり、おれは夏崎を訪問した。

捜査本部で、おれに与えられた仕事は他愛ないものだった。県庁や市町村役場など現役公務員の収賄は、田舎町では大事件といっていい。地元マスコミも注目している。あの規模の贈収賄としては、破格の捜査態勢が敷かれていた。会議室から、捜査員が溢れんばかりの状態になっていた。

おれは事務作業担当の補助に回され、一日中コピーを取らされていた。楽で良かった。単純作業を屈辱だと感じるような熱血刑事は、Q県警にはいない。

当然のように定時で上がり、指定された時刻に夏崎の自宅へ向かった。祝華市郊外の新興住宅地にある、ちょっとしたデザイナーズマンションだった。高層ではないが、瀟洒な感じがする。日当たりのいい最上階の一角を占めていた。

招き入れられ、リビングへ入った。ガラステーブルの上にはメーカーズマークとグラス、アイスバケットに入った氷が用意されていた。アテはキャビア、載せるトーストもある。申し合わせて、互いに夕食は済ませてあった。

「まずは乾杯しようぜ」夏崎が言った。「仕事の話はそれからだ」

おれはクッションに腰を下ろした。夏崎が酒を作り、乾杯した。

夏崎は長身痩軀、体格はおれに似ている。顔もイケてるが、タイプは違う。和風の塩顔だ。

一種の政治ブローカー、または政治ゴロといっていい。広範な情報網を持ち、祝華市はじめQ県政界の裏事情に精通している。誰と誰が繋がり、後ろ盾は誰か。誰から誰に金がいくら渡ったかなど、夏崎が知らないことはない。裏と表――両方の世界で上手く立ち回り、甘い汁を吸い続けている。

県警とは良好な関係を保ち、二課の捜査には欠かせない存在だった。選挙違反や贈収賄などを挙げて点数稼ぎがしたくなった捜査員は、夏崎を訪問する。蟹や伊勢海老といった高級食材を手土産に、政界の裏情報をもらって帰る。今日のキャビアも、そんな土産物の一つだろう。

さらに親しくなれば、現金取引も可能になる。与えられる情報のグレードも、アップしていくことになる。

二課の上司から夏崎を紹介されたが、親しくなったのはデコピンを介してだ。夏崎とデコピンのつき合いは長く深い。夏崎の先代からと聞いている。

先代は母親の兄、夏崎にとっては母方の伯父に当たる。夏崎は伯父から、稼業に必要な情報網や手管を受け継いだ形だった。先代は〝祝華旬報〟というタブロイド紙の編集長も務めていた。地元の政治家や役所、企業のスキャンダルを掲載し無料で配布する。ただし、広告掲載料という名目で金を払えば見逃してやる。一種の恐喝屋ともいえた。

夏崎の代になってから、タブロイド紙のデジタル化を試みた。名前も〝祝華コンフィデンシャル〟と変え、ネットで誰でも見られるようにした。紙媒体のころは役所や企業に入りこみ、働いている奴へ強制的に配布していた。閲覧者数は紙時代の発行部数より減っているが、興味を持つ人間があえて見るため効果は増しているようだ。

夏崎とおれは年齢も近い。奴が一つ上だ。イケメン同士でもあり、すぐに意気投合した。合コン仲間にもなった。

「まったく〝プーチソ女〟が紛れてると苦労するぜ」

先日の合コンだ。吐き捨てて、夏崎がバーボンを呷る。

〝プーチソ女〟は、合コンの世界秩序を自分勝手に破壊する輩だ。表現に関しては、察してくれ。誤植ではない。要らないところで出しゃばり、上手くいきかけたら水を差す。こんな奴に限って女子グループでは常任理事国待遇ときやがって、拒否権を発動できる。皆でカラオケに行こうとしたら、気分じゃないとか言い出し、狙っている女子まで帰ってしまう。非難決議レベルの女だった。否決されるけれど。

先日の場合、夏崎好みの子が女子メンバーにいた。〝プーチソ女〟の身勝手な侵攻で、連絡先の交換にまで至らなかった。そのため怒り心頭となっている。

おれは女にモテるし嫌いでもないが、性欲はさほど強くない。二股(ふたまた)交際をしない矜持(きょうじ)もある。すぐ目移りするためか、誰とも長続きした例(ため)しがないだけだ。

学生時代から合コンは好きだった。勉強はせず、バイトで金を貯めては参加していた。女が欲しかったわけではなかった。おれのビジュアルで狙った相手をイチコロにする。そのチョロさが快感だった。釣りみたいなものだろう。釣りは人生を豊かにしてくれるらしい。おれが女を落とすのも同じだ。承認欲求の充足は、生活を彩るスパイスとして欠かせない。

おれには趣味がない。世間で流行しているものに飛びつくだけだ。今はスノーボードとフットサルをやっている。流行(はや)っていて格好よく、合コンでも話題にできる。おれの付加価値を上げるアクセサリーといったところか。釣りの仕掛けみたいなもので、女を落とすための武器としても活用している。

必要なのは、おれが愛する女ではない。おれを愛する女だ。コマした女の数が、おれという最高の芸術作品に対する鑑定金額だった。ゴルフコンペの賞品にも似ている。

世間話から始めた。夏崎は先日、街中で不細工な女を見かけた。銀行員風の制服を着ていたが、一生かかっても男を捕まえることはできそうになかった。そんなレベルの女だったらしい。強く生きろよ――そう声をかけてやったそうだ。

おれはフードコートで、にきび面の男子中学生数名に遭遇した。女子にモテるとは到底思えない連中だった。奴らはエロ漫画を回し読みしていた。クラスの女にでも見つかったら、ただでさえない人気がさらに落ちるだろう。下手に性欲だけが増し、犯罪に走られても困る。おれは向こうから見えるように警察手帳を出し、男子どもを追い払ってやった。

「不細工な奴って顔面弱者だよな」夏崎は言った。

不細工。それは神に見捨てられ、非モテという試練を与えられた子羊たちだ。天から認められたおれたちには、救済してやる義務がある。神よ、哀れな顔面弱者に祝福を。

「で、魔女の情報集まった？」

脳裏にデコピンの顔がよぎった。仕事の話を始めよう。あまり酔ってからではまずい。

「大したネタはないな」夏崎はキャビアが盛られたトーストをかじる。「本人自体は大した婆ァでもない。人気者だから人脈だけは広いし、支援者はある程度いるけど、しょせん草の根活動にすぎねえよ。友人（ダチ）レベルの繋がり、素人の寄り合い所帯さ」

有力な後援者もいない。金とコネ、ともに現職の足元にも及ばないだろう。

「我妻のボンボンには敵じゃないだろ。鼻息で吹き飛ばせるさ。あの一族は代々、県内建設業界の組織票を完璧（かんぺき）に押さえてるからな。〝イワケン〟が号令かけりゃ一発だ」

〝イワケン〟は祝華建設株式会社の略称だ。県内最大手の建設業者だった。業界のリーダー格で、票の取りまとめ役も担っている。社長の櫻井陽平（さくらいようへい）と、知事の我妻晴彦は昵懇（じっこん）の仲と聞いている。建設業界は農林漁業等一次産業と並ぶ、我妻一族最大の票田となっていた。

「明日、ボスに心配要らねえって伝えといてくれよ。それにデコピンさん、もう手を打ってあんだろ」

　夏崎は言う。おれは意味が分からなかった。

「聞いてないのか。そのうち説明があるさ。おれは、金にもならない余計なことは言わない主義だから。まあ呑もう。このあと予定ないんだろ」

一〇月一二日　木曜日　8：46

　いつもどおりサイコを迎えに行ったあと、おれはデコピンの部屋を訪ねた。夏崎から買った情報を伝えるためだ。

「部長は選挙について、もう手を打ってるはずだって。夏さんが言ってたんですけど」

　デコピンが、秘書の淹れたコーヒーにコニャックを垂らす。朝と一五時等のルーティンだ。勤務中のアルコールでも、刑事部長ともなれば注意する人間などいない。

「例のサンズイ、概略は知ってるよな」

　デコピンの問いに、はいと答えた。昨日、捜査本部でコピーさせられたペーパーに、事案のあらましが載っていた。嫌でも目に入るし、退屈しのぎも兼ねて読んだ。

　発端は六日前、祝華東署刑事課に入った一本のタレこみ電話だ。県庁職員が建設業者から賄賂を受け取っている。贈収賄双方の身元も告げられた。内容が詳細だったことから、信憑性ありと判断し内偵を開始。一昨日の夕刻、逮捕状の執行に踏み切った。

収賄で逮捕された県庁職員の柴田裕司は、地方機関の建設課に所属する四十六歳。役職は専門員、係長の一つ手前になる。職員組合の幹部も務めている。その関係で、おれも顔ぐらいは知っていた。

長身で細身、襟足が隠れるぐらいの長髪は七〇年代風だ。弦の太い角ぶち眼鏡をかけているため、髪型に反して、顔つきは生真面目な印象を与えている。

一方の贈賄で逮捕された似鳥弘樹は、有限会社似鳥工業の代表取締役で三十八歳だ。似鳥工業は零細の建設業者だ。県庁は、業者を規模や能力でランクづけしている。同社はDランクで、従業員も四名にすぎない。会社の経営は苦しく、青息吐息の状態だった。

弘樹は二代目社長に当たる。署で姿を見る機会があった。小柄だが、腕だけは太い。顔は大きく、目が落ち窪んでいた。

捜査の結果、似鳥工業から柴田の口座へ五十万円の入金が確認された。似鳥は犯行を認めた。仕事欲しさに、柴田から言われるままに金を支払ったと自供した。県工事は予定価格や低入札ライン、積算単価等が公表されている。その他の部外秘情報を金で買えば当然、入札で有利になる。

似鳥は、柴田から部外秘情報を提供されたと主張していた。逆に柴田は犯行を否認、入金の事実も知らなかったと主張した。

「自身の口座も把握していないとおっしゃるんですか」

取調官の尋問に対して、柴田は答えた。

「通帳は妻が管理しています。私は小遣い制で、妻も二週間に一度ほどしか生活費を下ろしていません。入金を知らなくても不思議はないです。部外秘情報？　そんなもの業者に漏らしたことなんかありませんよ！」

収賄側は被疑者否認のまま、本日中に検察へ送致される予定だ。

「あれなあ」デコピンはコーヒーを嗅いだ。「おれが仕組んだんだよ」

「はあ？」おれは目を丸くしていたはずだ。「マジすか、それ」

デコピンが説明する。柴田は職員組合の中でも古株、専従職員に次ぐ位置の幹部だ。専従と同等か、それ以上の力を持っていた。

組合の活動に熱心なため、上層部に疎まれ出世コースから外されている。組合は昔から知事と仲が悪いが、強圧的な現職とは最悪の関係にあるそうだ。

おれには県職員の友人もいる。本間という名で高校の同級生、合コン仲間だ。そいつから聞いた情報を思い出していた。

Q県庁内では、職員組合の力は極端に弱い。代々の県知事が弾圧してきたからだ。出世や処遇に響くため、職員にも組合を毛嫌いしている奴がいるくらいだった。祝華市の土地柄だろう。県庁内も、保守的な職員が大勢を占めている。本間もその一人だ。デコピンは言う。

「選挙のたびに余計な真似しやがるからよ。いつも警戒してきたのさ」

県知事選があるたびに、組合は対立候補の応援に回るなど現職と対立してきた。柴田はそうした選挙運動を先導する立場だった。

「やばかったぜ」コニャックを入れすぎたか、デコピンはげっぷした。「今回の県知事選は無投票に終わると思いこんでたからよ。もしかしたら、柴田が魔女を応援するかも知れねえだろ。万に一つも箒婆ァの勝ち目はねえだろうが、知事様の評価がなあ。そんな手抜かり、おれの信頼に関わるじゃねえか。事前に潰しておいてよかったぜ」

デコピンは深くうなずき、ほくそ笑んだ。コーヒーを一口啜る。

保守的なのは公務員に限らない。祝華市民にもその傾向が強く、労働組合などを快く思わない人間も目立つ。比較的裕福な層に多く、我妻一族の支持基盤となっている。彼らは組合員の醜聞を歓迎するだろう。ここぞとばかりにバッシングを始めるはずだ。

「県庁職員の柴田に渡された金はよ、似鳥工業が勝手に口座へ振りこんだものさ。収賄側は無関係。てめえが賄賂受け取ったなんて、夢にも思ってねえだろうな」

主導したのは櫻井陽平、祝華建設社長の指示に似鳥が従った形だ。金の提供も受けた。祝華建設はAランク中でもトップクラス、特Aといっていいレベルだった。県内公共工事の談合を取り仕切っている。Dランクで、零細を極める似鳥工業が逆らえるはずもない。

発案はデコピン、知事の我妻とともに櫻井を得心させた。祝華建設は業界を挙げて、現職を応援している。その程度の真似は屁でもないらしい。

当該贈収賄事案は、すべてデコピンの手配によるものだった。県知事選に対する県庁職員組合の動きを牽制するためだ。祝華東署へのタレこみ電話も、手の者にかけさせていた。

「柴田の権威は組合といっしょに、地の底まで失墜すんだろ。奴が何ほざこうと、耳貸す奴はいなくなるさ。元々あの野郎に大した力はねえけど、雑音は最小限にしとかないとな。うるさくてしょうがねえ」

駄目押しということか。コニャック入りのコーヒーが、デコピンの頬を染めていく。

「似鳥工業が、よくそんな話受けましたね。社長が逮捕されたらやばくないですか。最悪、会社が潰れるなんてことになっちゃうんじゃ」

「ばーか」おれの疑問をデコピンが鼻で嗤う。「祝華建設がバックについてんだぞ。これからいくらでも、旨味のある仕事を回してもらえるじゃねえか。それこそ断った方が倒産の危機になっちまうぜ。イワケンなら似鳥潰すくらい、鼻くそほじるより簡単だからな」

ゼネコンなど支社しか存在しない地方でも、建設業界の格差は顕著だ。中小零細が生き抜こうと思ったら、大手の意向は無視できない。ましてや、祝華建設は談合のボスだ。逆らえば、確実に干されるだろう。

「いいから、お前はサイコから目を離すな」デコピンが釘を刺してきた。「この前みたいに余計な真似させねえよう、よく見張っておくんだぞ。心配すんな。選挙が無事済んだら、悪いようにはしねえからよ」

おれから視線を外し、デコピンはコーヒーに戻った。香しいアルコールが微かに匂った。

9：09

おれは捜査第二課へ帰った。サイコは席を外している。離席中に机の上をチェックしとけ――デコピンの指示だ。

課員があからさまに課長席は漁れない。幸い、くだらない選挙違反キャンペーンの決裁があった。清く正しき一票を県民に訴える内容だ。祝華市では戯言に過ぎなかった。

「票は商品だ」デコピンは言う。「実弾つまり現金で売り買いしなくても、各種利権で取引される。崇高な政治理念だの、ご立派な政策なんぞに感動して投票するバカは、この町にはいねえからな。一文にもなりゃしねえ」

決裁文書を持って行きながら、課長のデスクへ視線を走らせた。決裁用バインダーが山をなしている。その一番下から一枚のペーパーが顔を出していた。女の名前と生年月日、住所などが書いてあった。あとは陰になって見えない。

おれの目は、女の名に釘づけとなった。須田芹果。デコピンの依頼により、レイプの被害届を潰した相手だ。

須田は被害当時二十一歳。祝華市内の短期大学卒業後、地元のＩＴ企業に契約社員として勤務していた。背は低いがプロポーションのいい、いわゆるトランジスタグラマーだった。目鼻立ちは整い、おっとりした印象で性格も大人しかった。

ある日、会社の命令で市内外れにある自動車修理工場へ向かった。若者向けの改造車両等を手がける洒落た会社で、経営者はじめ従業員も若かったという。工場の社長から呑み会に誘われ、断れなかった。その夜、睡眠薬を盛られ暴行された。犯人は、彼女が勤務するＩＴ企業及び自動車修理工場の社長だった。数日間悩んだが、須田は被害届を出すことにした。

おれはデコピンに言われて、被害届潰しを請け負った。同情するふりをして、須田を誘導した。時間が経っていたため、血液や尿の検査による薬物反応を見ることもできなかった。そうした物的証拠が揃わなかったことも、彼女に断念させる一助となった。

当該ＩＴ企業を経営しているのは米倉一族という。祝華市では、古くから続く大地主の家系だ。犯行に及んだ自動車修理工場の社長も、一族の血縁者に当たる。

米倉一族はその地縁から、祝華市における票のとりまとめ役も務めてきた。我妻一族と親しく、現職を応援している。その伝手から、デコピンに揉み消しの依頼があった。須田に対しては正社員への登用なども提案したというが、彼女がどうしたかは聞いていない。

顔から血の気が引くのを感じた。なぜ、サイコが須田のプロフィールを取り寄せたのか。決裁文書の山を片づければ、もっと詳しい情報が得られるだろう。サイコのデスクに手を伸ばした。

「猿渡。知事選のキャンペーン、どこまで進んでる？」

背後から係長の声がした。おれは飛び上がりそうになった。ふり返って声を絞り出す。

「あ……。今から、課長の決裁です……」

そうかと言って、係長は自席に腰を落とした。おれは大きく息を吐いた。

いつまでも決裁文書の山を探っていれば、ほかの課員から怪しまれる。上手(うま)い言い訳も思いつかない。立ち去るしかなかった。

「ただ今、戻りました」

数分後、サイコが戻ってきた。課長席に座り、ものすごいスピードで決裁を片づけ始めた。ろくに見もせず判だけ押しているようだが、内容はチェックしている。決裁済みと指摘の付箋(ふせん)をつけた未決が、デスク上で仕分けされていく。

おれはサイコの様子が気になって仕方なかった。仕事するふりをしては視線を向ける。今日も、午後からは祝華東署の捜査本部に詰める。それまでに須田の情報をつかみたい。サイコは何を知っているのか。その目的は。でないと気が気でなかった。

視線を上げると、サイコと目が合いそうになった。おれは慌てて下を向いた。

「猿渡くん！」

サイコの声が課室に響いた。おれの心臓が飛び上がった。

「車出して。行くとこあるから」

立ち上がったサイコは黒いブリーフケースをつかんだ。ビニール製で、男物みたいな安物だ。角2サイズの公用茶封筒も手にしている。

おれも、3WAYのブリーフケースを手に立ち上がった。ポケットに入れてあるレクサスのキーを確認する。サイコのあとを追って、捜査第二課を出た。

サイコの足は速い。両脚を小刻みに動かして、器用に歩を進めていく。おれの方が倍くらい足は長いはずだが、ついて行くので精一杯だった。中身を見られたくないのか。サイコは一度も、おれにカバン持ちをさせたことがなかった。

「どこに行くんですか」

公用車駐車場へ出たところで、サイコに追いついた。秋晴れの下、本部庁舎裏は各種警察車両で埋め尽くされている。

「イワケン」

祝華建設。先刻の須田芹果といい、何か感づいているのか。サイコの答えに、おれの疑念は深まっていった。

9：42

祝華建設株式会社の本社は県警本部から車で二十分ほど、祝華市中心部よりやや郊外寄りに立っていた。県内最大手の総合建設会社だが、本社屋はさほど大きくない。Q県は東西に長いため、主要市町村に支社や出張所を置いている。社員が県内に分散されている形だ。

「祝華建設」向かう車内でサイコは呟いた。「地元談合のボスだよね」

「談合とか許せないですよね」

おれはサイコに取り入ろうとした。精一杯の考えだった。

「別に」サイコに軽くあしらわれた。「いいんじゃない。自分で使う道路を、自分で直して生計立ててるような小さい村なら。それも一種の処世術。真剣に競争して、業者が叩き合って共倒れしたら、村の経済自体滅ぶんだから。クソ真面目だけが正解じゃないわよ」

おれは曖昧な返事をした。思ったほど好印象を与えなかったようだ。サイコは、おれの返事など聞いていなかったみたいに続けた。

「でも、イワケンみたいに県レベルで自分だけが旨い汁吸ってるのは、ちょっとね」

本社ビルは五階建てで、建築面積もさほどの広さではなかった。煉瓦を模したタイル張りの外壁は新しく、光り輝いていた。確か数年前に建て替えたはずだ。評判どおり儲(もう)かっているのだろう。丸く整えられたマメツゲが敷地を囲んでいる。建屋以外は駐車場だが、車は少ない。乗用車が数台あるだけで、社用車は出払っているようだ。

　エントランスでサイコを降ろし、外来者用駐車場にレクサスを入れた。社屋はピロティ構造で、一階部分も駐車場だ。奥にアウディが見えた。日陰でも磨き上げられているのが分かる。社長か重役の車だろう。

　道中、サイコのパワハラは鳴りを潜めていた。ルームミラーで確認した限り、何か考えている風でもない。呑気(のんき)にさえ見えた。イワケンで何をするつもりだろうか。

　レクサスを施錠し、向かったエントランスにサイコの姿はなかった。自動ドア越しに、受付と話す背中が見えた。イワケンのロゴが入った玄関マットへ進むと、遮光ガラスのドアが左右に開いた。サイコの背後へ向かう途中、制服を着た受付の女が立ち上がった。

「櫻井の部屋へご案内いたします」

　櫻井。社長に会うつもりか。

　受付に先導され、サイコはエレベーターへ向かう。理由は聞かされていない。あたふたしながらも、ついて行くしかなかった。

　エレベーターは五階、最上階へ着いた。数歩歩けば社長室だ。

　日当たりのいい廊下に絨毯(じゅうたん)はなかった。清潔なタイルが貼られているだけだ。質素といっていい。受付の女が社長室のドアへ向かう。重々しい木製ではなく、軽やかな素材だった。ノックはせず、インターフォンで伺いを立てた。

「県警捜査第二課の神木課長様と、捜査員の方がお見えです」

社長室のドアが開いた。虎の敷物に、高価そうだが真贋定かでない絵画と書。仰々しい木の置物や壺、ゴルフセットなどがこれ見よがしに飾られている。いかにも田舎の社長といった俗物的な様を想像していた。皆もそう思っているはずだ。

ご期待に沿えなくて申し訳ない。室内には日差しが射しこみ、灯りがなくても充分明るい。壁には額縁入りの賞状がかけられ、木製の棚にも盾やトロフィー類が並ぶ。ゴルフの記念品ではなかった。祝華建設が市や県、国から受けた表彰だ。優秀かつ実績のある建設業者という証だった。床には絨毯さえなく、応接セットも最小限。デスクその他は最新のオフィスサプライで、実用優先に見えた。悪趣味な品は一切なかった。

「ようこそいらっしゃいました」

長身で筋肉質な男が立ち上がった。若々しく三十代でも通用するが、本当は五十二歳になる。プロフィールは知っているし、顔に見覚えもあった。祝華市民で、彼を知らない人間はいないだろう。祝華建設株式会社代表取締役、櫻井陽平だ。

顔は角ばって、髪は薄いらしく丸刈りにしている。貫禄があり、県内最大手の三代目社長にふさわしい風貌だった。制服だろうか。胸にロゴが入ったYシャツタイプの作業着、下はスラックスという格好だ。デスクを回りこみ、近づいてくる。

「どうぞ、おかけください」

微笑を浮かべ、ソファを指す仕種は爽やかでさえあった。県内建設業者の組織票に関する取りまとめ役、一次産業と並ぶ最大の票田を掌握している。公共工事では談合のボスを担い、現職知事とも昵懇の仲。そんな大物然とした印象はなかった。都会的で、洗練されたビジネスマンに見えた。

　コーヒーでいいかと訊かれ、サイコはうなずいた。櫻井が受付の女に命じたあと、おれたちは名刺を交換した。揃ってソファに腰を下ろす。

「二課に新任の課長さんが着任されたというので、一度ご挨拶に伺おうと思っておりました。先にご足労いただきまして大変恐縮です」

　櫻井は一礼した。課長が女だと、セクハラめいた発言や舐めた態度を取る輩がいる。そんな様子は微塵も感じられなかった。

「いいえ。こちらこそ、ご挨拶が遅くなり申し訳ございません。お忙しいところ恐縮ですが、お時間は取らせませんので」

　神妙にサイコも答えた。受付の女がコーヒーを持ってきた。いい香りが立っている。良い豆を使っているようだ。勧められて一口啜る。味も良い。

「それで課長さん、本日はご挨拶だけでしょうか」

「少しお尋ねしたいことがございまして」

　問われたサイコがコーヒーカップを置く。構いませんよと社長は微笑んだ。戦前から続く由緒正しき地元企業の跡取りだ。育ちの良さが、顔つきや所作にもにじみ出ている気がした。そういうものに縁なく育ったおれの感想だ。いい加減な意見には違いないが。

サイコは櫻井に向き直った。こちらの表情も穏やかだ。少なくとも、おれへパワハラするときに見せる鬼の形相ではない。

「県庁職員と似鳥工業の贈収賄事件はご存知でしょうか」

「存じ上げています」サイコの問いを受け、鷹揚にうなずく。「似鳥さんとは先代からのおつき合いでして、大変助けていただいております。事実なら地元業界を代表する者として恥ずべきことではあるのですが、心配しているというのが正直なところです」

「社長さんは、今回の事件に関わっておられるのではないですか」

表情を一番変えたのは、おれだ。サイコと櫻井の顔には変化が見られない。この女が何を言おうとしているのか、さっぱり分からなかった。

「それは」穏やかな表情のまま、櫻井は脚を組んだ。「例の賄賂に弊社が一枚嚙んでいる。課長さんはそうおっしゃりたいのですか」

「一枚というか、主犯といっていい存在ではないかと考えています」

おれは血の気が引いた。平然としているサイコや櫻井が羨ましかった。

サイコは、デコピンの策略にどこまで気づいているのか。県庁職員の柴田に収賄する意思はなく、似鳥工業が勝手に送金しただけだ。贈賄側に指示したのは櫻井陽平だと聞いた。県庁職員組合の信用を貶めるのが目的だった。どこまで把握しているのだろう。

「やったやらないの水掛け論は嫌いなので」首を傾げ、櫻井は微笑む。「何か証拠のようなものはおありでしょうか」

「ええ」床に置いたブリーフケースへ視線を向ける。「あら、いけない。車に忘れてきたみたい。猿渡くん、悪いんだけど取ってきてもらえるかな。角2の茶封筒に入っているから」

サイコの言葉に、おれは戸惑った。気も動転していた。

サイコが何を言い、櫻井がどう反応するか。デコピンに報告する必要がある。この場に留まるべきだろう。

だが、指示に逆らえばどうなるか。罵倒されるくらい何てことはない。怪しまれるのだけは避けるべきだ。

「分かりました」おれは立ち上がった。

10：06

おれは駐車場へ出た。午前の陽光がうっとうしかった。

駐車場は空に近かった。白い商業用のバンが駐まっているだけだ。レクサスのロックを解除した。後部ドアを開き、中を見る。

座席の上に、公用の茶封筒が載っていた。表面には、県警のロゴや住所が記載されている。手に取った。封は折られているだけで、糊づけはされていない。

　おれは駐車場に目を配った。人影はない。ふたたび後部ドアに身体を入れ、座席上で封筒の中身を検めた。白いA4用紙二枚が出てきた。クリップで留められている。日付と金額、但し書きが羅列されていた。祝華銀行の出入金記録であることはすぐに分かった。地元の第一地銀だ。問題は誰のものであるか。紙の四隅へ視線を走らせた。記載があった。有限会社似鳥工業。

　金融機関の出入金記録は、比較的簡単に取り寄せられる。警察でなくても県庁や市町村役場、国の公的機関でも可能だ。税金滞納分の差押えに活用したりする。

　なぜ、サイコは似鳥工業の記録を持ってきたのか。県庁職員の柴田へ送金したことは明白となっている。わざわざ祝華建設に持参する必要はない。ほかの理由があるはずだ。時間がなかった。確認すると一枚に一ヶ所ずつ、計二本の黄色マーカーが引かれていた。

　祝華建設からの入金だった。金額は二つ合わせて百万円。摘要欄には下請け工事の代金と記載されている。

　似鳥工業による柴田への送金は五十万円だ。祝華建設から受けた二回分の入金を基に、半額ずつ謝礼分として中抜きする。そのあと合算し、柴田へ送金したなら計算は合う。時期も合致している。祝華建設が一度に入金しなかったのは、賄賂の偽装が発覚しないよう念を入れたのだろうか。

　おれは考えた。櫻井が今回の贈収賄事案における主犯格――サイコの説を裏づける証拠になるのではないか。デコピンの思惑が崩れかねない。

握り潰すか。何とか処分する方法は。駄目だ。ありませんでしたとか白々しい嘘が通じる相手ではない。どうやっても、おれの仕業だとばれる。とりあえず持っていくしかないか。何も思い浮かばず、時間が過ぎる一方だった。遅くなれば怪しまれる。中を見たことまで発覚するだろう。

おれは茶封筒を手に、社屋へ戻っていった。

10：11

「どうぞ」

扉のインターフォンを押すと、櫻井が答えた。

おれは社長室前に立ち、手には似鳥工業の出入金記録がある。途中、何度も処分することを考えたができなかった。

社長室のドアを開け、中を見た。サイコと櫻井が向き合っていた。穏やかな表情に変化はなく、互いに作り笑いを張りつけているかに見えた。いくぶん社長の方が暗く感じられた。

「持ってきました」

仕方なく、おれは茶封筒をそのまま手渡した。礼を言い、サイコは受け取った。中の

Ａ４用紙を抜き出し、木製テーブルの上に置く。

「これは似鳥工業さんの出入金記録です。先月分を取引銀行から取り寄せました」

興味なげに、櫻井は視線だけ下ろした。サイコが黄色マーカー部分を指差す。

「これは、御社から似鳥さんへの入金分ですね」

「そうですね」櫻井の答えは事もなげだ。「摘要にありますとおり、下請けをお願いした工事の代金です。本当に、似鳥さんにはお世話になっております。弊社は足場のノウハウがないものですから」

Ｑ県の発注工事では、同業種の下請けは禁止されている。丸投げ同然で、下請けからの搾取に繋がるからだ。自社では施工できない工事のみ再発注できる。それも、割合に限度が設けられていた。県や祝華市の場合、受注額の五割を超える下請けはご法度だ。発注元の公共団体から、特別な許可を受ける必要がある。これも、丸投げ防止策の一つだった。

似鳥工業は小規模な割に手がける業種が多く、中でも足場設置には定評があるという。

サイコが軽く首をかしげた。

「変ですね。県と市町村の土木及び建築セクションに確認しましたが、この時期に該当する下請けはなかったというのですけれど」

公共工事の場合、下請けに出すと県や市へ届け出なければならない。そこまで確認済みなのか。

「弊社は確かに、県や市町村の工事に助けられておりますが」

　櫻井は微笑を浮かべたまま、頬一つ動かさない。

「民間企業や一般のご家庭が、お施主さんとなることも多いんですよ。そうでないと今の時代やっていけません。日本経済は弱体化し、特に地方の疲弊は増す一方ですから」

「そうなってくると似鳥さんのような零細企業は、大企業の顔色ばかり窺うようになるんでしょうね。たとえば御社のような」

　サイコも微笑を浮かべたまま、厳しい言葉を投げかけた。おれは内心、櫻井を応援していた。ここで社長が腰砕けになったら、すべてが水の泡と化してしまう。

「世間から、そういう目で見られていることは承知しています。ですが、実態はそうでもないんですよ。弊社も殿様商売しているわけではないし、似鳥さんのような小さいところも頑張っておられる。正直、持ちつ持たれつといったところです」

「なるほど」サイコはうなずいた。「日本の企業はどこも経営が苦しく、地方は輪をかけて厳しい状況にある。民間就職経験のない私でも、それは感じています」

　サイコが一歩引いたか。おれは期待の視線を送った。

「だからこそ権力者におもねる必要がある。違いますか」

　おれは目の前が暗くなった。櫻井の応戦を待ったが、社長は目を伏せてしまった。

「これは本当に下請けのお金なのですか」

　サイコが畳みかける。櫻井はうなずいて言った。

「正当な支出です」

「架空支出ではありませんか。どういうお金か、ご説明いただきたいのですが」

櫻井から返答はない。社長を応援しながら二人を見較べる。どちらも顔に感情は表していない。双方が頭の中で何を考えているのか。おれに読めるはずもなかった。

「社外秘です」少しして櫻井は言った。「どうも、私の嫌いな水掛け論になってきたようだ」

櫻井が息を吐いた。深呼吸か、嘆息か。おれは社長の言葉に期待した。

「ただ、この入金記録が決定的な証拠でないことは、ご理解いただけると思います。これ以上の説明が必要であれば、相応の手続きをお願いできますでしょうか。今後とも捜査への協力は惜しみませんので。なら、今日はこの辺で」

「そうですね。お忙しいでしょうし、出直してまいります。猿渡くん」

名前を呼ばれたのは、資料を片づけろという意味のようだ。おれは、嬉々としてペーパーを集め始めた。

櫻井は、サイコを追い払うことに成功した。今だけは、だが。それでとりあえずは満足だ。この場を離れられる。今後のことは、帰ってデコピンに相談しよう。

二枚の出入金記録を揃え、クリップで留めて封筒へ戻した。サイコが立ち上がる。

「お時間を取らせまして申し訳ございませんでした。では近いうちに」

「お待ちしております」

櫻井も立ち上がっていた。サイコが身を翻す。おれは慌てて、あとを追っていった。

10 : 54

「例のサンズイ、サイコにバレてますよ！」

　県警本部に戻り、おれはデコピンのスマートフォンへ連絡した。最上階から屋上へ繋がる階段にいた。日中でも薄暗く、職員は滅多に寄りつかない。事が事だ。部長室へ入るところを誰かに見られたくなかった。

「んなわけねえだろ」デコピンが鼻で嗤う。「おれが絵を描いたんだぞ。あの女に気づかれるようなドジ踏むかよ」

「でも、サイコの奴。似鳥の出入金記録を――」

　先刻の状況を説明した。サイコは祝華建設から似鳥工業への入金を把握している。県庁職員の柴田を嵌めた原資と気づいているようだ。社長の櫻井は下請け代金だと説明したが、納得させられたとは思えない。家宅捜索に踏み切られたら、ぼろが出る恐れは充分にある。

「何だ、そりゃ！」

　スマートフォンの向こうで、デコピンは叫んだ。部長室に行かなくて良かった。八つ当たりのデコピンを食らっていたかも知れない。

「どうしてそんなことになるんだよ！　お前、何か下手踏んだんじゃねえだろうな」

「そ、そんなはずないですよ」

　思わず声が大きくなり、無人の階段に響き渡る。おれのせいにされたら大変だ。

「済んだことはしょうがねえ」デコピンは少し冷静さを取り戻していた。「ロミオ、その入金記録な。処分しちまえ」

「え？」おれは絶句した。「証拠を潰すんですか。正式に取り寄せたヤツを」

「そうだ」デコピンは事もなげに言った。ランチの誘いと勘違いしそうだ。「その間に善後策を練っとくからよ。今日中にやれ、いいな」

11：03

　おれは県警本部九階へ下り、捜査第二課へ戻った。課長席を確認する。サイコはいない。席を外している。

「課長、どこに行ったか知りませんか」

　係長にさりげなく訊いた。知らないとの返答だった。午後になれば、祝華東署の捜査本部へ係長と向かう。準備しておくよう言われた。

　おれはサイコのデスクへ視線を向けた。先刻の封筒がデスクに置いてあった。課員は少なく、誰もが事務作業に没頭している。

交通企画課に行くと言って、係長が離席した。係の机を合わせた〝島〟には、おれしかいない。立ち上がり、周囲を窺いながら課長席へ近づいていった。

「入金記録を握り潰したって、また銀行から取り寄せたら済む話じゃないですか」

階段での会話を思い出す。おれの反論をデコピンは鼻で嗤った。

「金融機関から正式に提出させた書類だぞ。失くしましたで済むわけねえだろ。証拠を紛失したなんてよお。いくらサイコが図太くても、格好悪くて銀行に言えるはずねえさ」

「PDFとかデータで提出されてたら、パソコンやメモリに残ってますよ。紙のコピーも取ってるでしょうし」

「心配要らねえ」デコピンは自信ありげだった。「出入金記録出したのは祝華銀行だろ。あそこは格式ばった古臭い体質でな、いまだにこの手の証拠は紙でしか出さねえんだよ。ご丁寧に原本証明つきでな。この町らしい時代遅れぶりだぜ。提出元が原本証明してるってことは、コピーじゃ証拠能力はない。いいから、さっさとシュレッダーにでもかけちまえ」

気楽なデコピンの指示は、励ましと同時にプレッシャーだった。おれは、会話の記憶を頭から締め出した。

課長席まで、あと二歩。おれの視界に入っているのは、デスクに置かれた角2公用茶封筒だけだった。立ち止まって深呼吸、課内に目を配る。誰もこちらを見ていなかった。サイコもまだ戻っていない。

課長席へ進み、おれは封筒を手にした。機械的な動作を心がけ、盗んだとは考えないようにした。踵を返す。

シュレッダーは課室入口の左奥に据えられていた。課長席とは対角線上の位置になる。動線周辺に職員の姿はない。おれは足早に歩を進めた。

歩きながら中身を検めた。間違いない。有限会社似鳥工業の出入金記録、祝華建設で社長の櫻井に見せたペーパーだ。裏の白紙部分を見ると、押印された原本証明もあった。デコピンが言ったとおりだった。

シュレッダーに着いた。電源は入ったままで、紙を入れれば自動的に稼働する。一応、警察用だ。高性能な機種を採用しており、かなり細かく裁断できる。かけてしまえば、パズルのように復元することは不可能だろう。

入口の外、廊下から課室へ向かってくる足音が聞こえた。おれは封筒ごと出入金記録をシュレッダーに押しこんだ。赤い起動ランプが点き、破砕音を立てながら証拠書類が勢いよく吸いこまれていく。

半分ほど進んだところで、封筒から書類の上部がはみ出してきた。クリップがついたままなことに気づいた。社長室で記録を揃えた際、自分で留めたのに忘れていた。焦っていたのか、さっき中身を検めた際にも見逃していた。今から外す余裕はない。幸い金具が大きいダブルクリップではなく、細い針金のゼムクリップだ。このシュレッダーなら、いっしょに裁断してしまうだろう。

クリップが吸いこまれた瞬間、異様な金属音が響いた。おれは生きた心地がしなかった。

課室のドアが開く。その瞬間、シュレッダーが書類を完全に呑みこんだ。機械の作動音が止まり、右横から足音が聞こえた。心臓が跳ね上がった。

サイコだった。横目で見ているおれには一瞥もくれず、自分の席へ戻っていった。デスクの上を捜している様子はない。

おれも自分の席へ戻り、大きく息を吐いた。

残りの半日、おれは気が気でなかった。午後は、係長たちと祝華東署の捜査本部へ詰めた。回されてくる仕事は相変わらず雑用ばかりだった。単純作業すぎて、気持ちを紛らわせてくれることはない。

デコピンには折を見て、出入金記録をシュレッダーにかけたと報告した。

「やればできるじゃねえか」デコピンは喜んだ。「祝杯でも挙げてえところだが、ちょっとお預けだ。上手くいったら奢ってやるから、できる限りサイコから目を離すな。お前から話を振ったりするんじゃねえぞ。黙って様子だけ見てろ」

サイコは県警本部で待機している。東署にいては、様子を窺うことはできない。証拠を隠滅したことに気づいているだろうか。失くなっていることぐらい見れば分かる。なぜ、何も連絡してこない。自分で紛失したと思いこんでいるのか。おれには判断がつきかねた。

須田芹果の件もある。おれが被害届を潰した相手。なぜ課長のデスクに、あの女の情報があったのか。サイコはどこまで知っているのだろう。

夕刻になった。サイコを官舎へ送るため、おれは一人県警本部へ戻った。課内でサイコは粛々と決裁作業をこなしていた。特に騒ぎ立てるでもない。平静な様子で、証拠書類を捜している素振りもなかった。沈黙した姿が不気味だった。帰りの車でも口数が少ない以外、変わった点はなかった。嫌味のネタが尽きて、充電中のようにさえ感じられた。

こちらから話を振ることはできない。藪から蛇を突き出すことになる。状況を見守るしかなかった。

証拠の行く末に触れることなく、サイコは車を降りた。生きた心地がしないまま、おれはレクサスを県警本部へ戻した。

一〇月一三日　金曜日　8：26

朝から大騒ぎとなった。

おれは、いつもどおりサイコを迎えに行った。昨夕同様に嫌味は少なく、頭を悩ませる案件がなければ快適な車内だったろう。昨日の証拠隠滅が発覚しているのではないかと、おれは胃が痛くなりそうだった。

　課室へ入ったときには、すでに騒動は始まっていた。室内では職員が右往左往している。祝華東署の捜査本部から、捜査第二課へ入った至急の連絡が原因だった。

「似鳥工業の専務が捜査本部（ソウホン）を訪ねてきています」

　専務といっても、社長つまり似鳥弘樹の母親だ。弁護士同伴だという。

「取調室に入れてもいいか、東署が指示を仰いでますが」

　電話を受けた二課員がサイコに問う。

「駄目です。弁護士同伴ですよね。会議室で対応するよう伝えてください。お茶でも出して待たせておくように。私が直接対応します。猿渡くん、車を玄関に回して」

　言われたとおりにした。サイコを祝華東署へ送り、そのまま随伴するよう指示された。

　署内でも小さな会議室だった。長机二脚と椅子が八脚、それで満杯の感じだ。秋の陽光と、蛍光灯の灯り（あか）が室内を照らしている。七十前後に見える女と、五十代の男がいた。専務と弁護士だろう。あと、祝華東署の刑事課長と巡査部長が傍に控えていた。

　サイコと男女が名刺交換した。専務は泣いているのか、ハンカチを目に当てている。

「この度は弊社の不手際で、大変ご迷惑をおかけいたしまして――」

　腰を下ろすと同時に、専務が言った。あとは言葉にならずうつむいてしまう。心配そうに、弁護士が横から肩に手を当てた。

　専務はベージュの作業服姿だった。胸に似鳥工業と刺繡（ししゅう）されている。弁護士のスーツは濃紺で、高価でも安物でもない。世代だろうか、細身のタイは結び目にディンプルがある。

「どういうことでしょうか」問うサイコに、弁護士が言葉を継いだ。

県庁職員――柴田裕司への送金は誤りだった。関係業者の口座と誤って入金してしまった。贈賄の意思はなく、もちろん要求されたわけでもない。

「では、なぜ社長さんは贈賄の事実をお認めになったのでしょう?」

サイコの質問と同時に、専務が顔を上げた。泣き腫らして、目は真っ赤だ。

「息子は、幼いころから気の小さい優しい子なんです……」

ふたたび目を伏せ、肩を震わせる。弁護士が隣で何度もうなずいている。

おれはメモを取っていた。調書作成は東署の巡査部長が担当しているが、手持ち無沙汰で無聊を慰めていた。

嘘臭く白々しかった。専務の号泣は嘘泣きにしか見えない。囚われの息子を思う哀れな母親。そんなキャラを演じているだけに感じられた。おれでさえそう思うのだから、サイコの目にはどう映っているだろう。

「私も先ほど接見しましたが」

言葉に詰まる専務に代わり、弁護士が言う。

「警察に問い詰められ混乱する中、自分だけでなく誤送金した相手まで逮捕された。それで自社のミスを認めるのが恐ろしくなったようです。事が大きくなりすぎてしまい、どうしていいか判断ができなくなり、取調官が言うとおりの供述をしてしまったと。巻きこんだ県庁職員の方にはもちろん、県警など関係の皆様にも陳謝したいと申しております」

そんな言い訳が通るなら警察は要らない。信じる人間がいると本気で考えているなら、正気とは思えなかった。おれも自分には甘い方かも知れないが、それでも笑わせる。

デコピンが言っていた善後策はこれか。収賄を偽装した事実が発覚する前に、事案自体を闇に葬るつもりだ。サイコはどう反応するだろう。

祝華東署の捜査本部はどうでもいい。刑事部長なら、関係する全捜査員を抑えこめる。問題はサイコだけだ。

この件について、デコピンから連絡は受けていない。確かに昨日、似鳥工業の出入金記録はシュレッダーで細断した。書類紛失について、サイコは何も言ってこなかった。この女が自分のミスと思ってくれれば、順調に進んでいるといえる。あの出入金記録自体必要なかったのなら話は別だ。ほかの証拠を持っている可能性も充分考えられた。

証拠を潰したことで、デコピンは過剰に安心し切っているのではないか。サイコから一笑に付されて終わりでは。不安が胃袋を締め上げてくる。

おれが神経質すぎるのか。毎朝夕のパワハラで神経をすり減らし、心が折れて過敏になっているだけ。そうであって欲しい。奇妙な願いを心で唱え、横目でサイコを窺った。

「なるほど」サイコは言った。顔には微笑が見える。「それはご心配だったことでしょう。ご心痛お察しいたします」

おれは耳を疑った。まだ安心はできない。次の言葉を待った。

「送致済みの事案ですので、至急検察とも協議いたします。大丈夫です。少し時間はいただきますが、息子さんはご自宅へお戻りになれますよ」

専務の泣き声が大きくなり、弁護士が何度も頭を下げる。サイコは微笑を浮かべたままで、刑事課長と巡査部長にも特別な反応はない。

たぶん、おれだけが呆然としていただろう。目の前で何が起こっているのか、信じられない思いだった。

13：27

「よかったじゃねえか」

デコピンは座ったまま、刑事部長の椅子を回した。表情は、多少苦笑いにも見える。

「お前が証拠を潰してくれたおかげだぜ」

おれは刑事部長室にいた。祝華東署の刑事課長が、午前中の顚末を報告書にまとめた。誰かデコピンに届けて欲しいと言っていたので、立候補した。この手の書類はメールでなく持参というのが、いかにも古風で格式を重んじる県警らしい。祝華銀行のことは嗤えないだろう。レクサスは東署においたまま、公用の自転車を借りた。署と本部は徒歩でも行き来できる距離だ。

似鳥工業専務——社長の母親と弁護士が去ったあと、サイコの動きは早かった。祝華地方検察庁と協議し、県庁職員の柴田裕司は即時釈放となった。似鳥工業及び社長の弘樹に関しても刑事責任は問わず、損害賠償など両者の民事案件とした。

贈収賄の事実はなく、単なる誤送金だったと検察も認めた形だ。あとは、似鳥工業が柴田を誤認逮捕へ追いこんだ詫(わ)びの慰謝料についてどうするか。双方で話し合うだけとなっている。県警から、似鳥に対する責任追及はされない予定だった。

タレこみ電話に関しても、背景を探る予定はない。デコピンもストップをかけるだろうが、表向きには誤認逮捕だ。ほかの捜査員も、あえて失点の傷を広げる気はないはずだった。単なるイタズラ通報程度で処理されるだろう。

「まあ、今回は痛み分けだな」苦笑したままデコピンが息を吐く。「サイコちゃんも銀行にもう一度証拠くれとは言えなかったんだろ、格好悪くて」

そうだろうか。誤送金云々(うんぬん)は部長の案か問うと、そのとおりと答えた。

「あんな屁理屈(へりくつ)でも、証拠を紛失した身としては認めざるを得なかったんだろうな」

「でも、あんな屁理屈——」おれが言うと、デコピンの顔が歪(ゆが)んだ。

「おれは謙虚な性格だから、自分の名案を屁理屈呼ばわりしてるんじゃねえか。お前は素晴らしいお考えですと言え」

「す、すみません。でも、祝華建設が似鳥工業に払った金はどうなるんですか」

「櫻井も返してくれとは言えねえだろうな」

「似鳥工業もそうですが、イワケンがよく了解しましたね。捨て金になりますよ」

「ちょっとぐらい無駄遣いしても大丈夫だろ。公共工事でたんまり稼いでるんだからよ。てめえらに都合よく談合までしてやがるんだから。これくらい必要経費さ」

「元は税金じゃないですか」

「ばーか。税金なんざ掠め取った者勝ちなんだよ。払わされるだけじゃつまんねえだろ。人間の格はな、てめえにいくら税金を使わせたかで決まるんだ。〝火事と喧嘩は江戸の華〟なら、公金チューチューは公務員の華だ。あいつら建設業者も、掘って埋めるだけのしょうもない工事でしこたま儲けてやがるんだぞ。公共事業ってのは、くだらねえほど旨味があって銭になるからな。この間の東京オリンピックがいい例じゃねえか」

はあとしか答えようがなかった。そうして地元経済界は権力との繋がりを求め、権力者の支持基盤は盤石となっていく。そういうことなのだろう。デコピンが続ける。

「誤認逮捕にはなっちまったが、ぎゃあぎゃあ喚かねえよう地元のマスコミは抑えてある。一回パクられただけでも、県庁の職員組合にとっては打撃だったろうしな。それで良しとするさ。おれは質素倹約がモットーだから、多くは求めねえよ」

「話は変わるんですが」

おれは、サイコが須田芹果について調べていると告げた。

「須田？」デコピンが眉を寄せる。「誰だ、それ？　芹果って車みてえな名前だな」

件数が多すぎるためか、そもそも大したことと考えていないのか。自分が被害届を潰（つぶ）させた女について、デコピンはまったく覚えていないようだった。おれは説明した。

「ああ。おれがロミオに頼んだヤツな。思い出したよ。あんときは世話になった。で、サイコちゃんがその女を調べてんのか」

「机の上に名前や住所があっただけなので、何とも言えないんですが……」

「気にしなくていいんじゃねえか」デコピンは背を反らして、欠伸（あくび）した。「偶然ってこともあるし。どうしても心配なら、夏崎に調べさせてやるよ。今回のご褒美に、おれが連絡しとくさ。ついでに、サイコの背景も探らせてみよう」

おれはまた、はあと答えた。不安の種は尽きない。増える一方のような気がした。

「浮かない顔すんじゃねえよ！」

思わずうつむいていたため、デコピンが回りこんできていることに気づかなかった。目の前に右手があった。

額にデコピンが炸裂（さくれつ）した。おれは頭を押さえて悶絶（もんぜつ）した。前回より遥（はる）かに痛い。

「何するんですか！」堪（たま）らず、おれは涙声で苦情を申し立てた。「おれ、今回は頑張ったでしょう？　ひどいですよ」

「レベル2だ」鼻を鳴らしながら、デコピンは自分の席へ戻っていく。「定期的に使わねえと錆（さ）びついちまうからな。試し撃ちだ」

何だよ、試し撃ちって。勘弁してくれよ。

「もういいぞ」椅子に座って、デコピンは首を回す。「東署へ戻って、刑事部長了解だと捜査本部（ソウホン）に伝えろ。一件落着、さっさと忘れちまえってな」

刑事部長が忘れろというなら、今回の件を蒸し返す捜査員はいないだろう。デコピンと祝華建設の策略は闇に葬られる。似鳥工業も口を噤（つぐ）む。県庁職員の柴田や職員組合が何を言おうと、耳を貸す者はいない。確かに一件落着だ。サイコの考えだけが不透明だった。

失礼しますと告げ、おれは身を翻した。額の痛みは治まる気配がない。デコピンが、秘書に次を入れろと指示を出す。

部長室から出るとき、入れ違いに入ってくる二人組がいた。公安課長の貞野と、捜査第一課長の岩立。デコピンにとってのブレーンと始末屋だ。

これから何について相談するのか、聞きたくもなかった。巻きこまれずに済めばいいのだが。おれは足早に立ち去った。

18:31

おれは、サイコを自宅へ送っていた。県警本部には寄らず、祝華東署から直帰した。

デコピンのところから東署に戻ったおれは、部長が了解した旨を伝えた。捜査本部では撤収作業が始まった。事後処理は祝華東署の刑事課が担当する。

おれは大会議室の片づけを手伝い、サイコも署長や刑事課長と最後の詰めをしていた。夕刻を迎え、捜査本部は解散となった。おれはレベル2の痛みに耐えながら、レクサスにサイコを乗せ官舎へと走らせている。

「何か言いたそうな顔してない？」

署を出て五分ほど、後部座席のサイコが口を開いた。

「そうですか」言葉を選べ。サイコにつけ入る隙を与えるな。「課長が……昨日と今日、少し優しいかなって――」

くだらない言葉が口を突いたが、それくらいでちょうどいい気もした。

「あん？」サイコが鼻を鳴らす。「私だって、あんたおちょくるより考えなきゃいけないことぐらいあるわよ。それとも何？　イジられてないと調子出ないわけ。そこまでドMなの。ちょっとキモいんだけど」

日々、おれにパワハラしている自覚はあるようだ。

「いや、その……。似鳥工業が主張した誤送金、あれでよかったんですか」

「あれは、あの程度でいいんじゃない」

どうでもいいという口調でサイコは吐き捨てた。

「この間も、役場が町民に間違って送金したりしてたじゃない。建設業者でもそういうことはあるかもね。県庁や市役所など関係する職員の情報は、似鳥工業も集めてるだろうし。柴田の口座を知っていても不思議じゃないわ。間違って振りこんだって言ってるんだから、これ以上追及しても時間の無駄よ」

車内に沈黙が降りた。デコピンには都合がいいだろう。自分の計略を闇に葬れる。だが、諦めが良すぎないか。昨日、祝華建設で見せたサイコの態度とはかけ離れている。

レクサスが官舎前に着く。サイコは自分でドアを開けた。おれは前方を見ていた。

「クリップごとシュレッダーに入れると、刃が傷むわよ」

背後からささやかれた。顔をふり向けたおれに見えたのは、官舎に帰っていくサイコの背中だけだった。

第三話「選挙違反と殺人」

一〇月二〇日　金曜日　8：06

「黙れ！　この置物野郎」

　レクサス内に、サイコの怒声が響く。パワハラが多少なりとも鳴りを潜めていたのは、贈収賄事件中の数日だけだった。今朝の迎えでも絶好調だ。

「見てくれが綺麗なだけなら、あんたよりスマホケースの方が使えるわよ」

　何が逆鱗に触れたのか。〝魔女のおばさん〟こと小坂皐月の話題に触れたのが原因だろう。正式な県知事選出馬を控え、連日TVなどに出始めていた。どうせ負けるのにと、言ったのが気に食わなかったらしい。他意はなく、きちんとニュースもチェックしているとアピールしたかっただけなのだが。

「顔と同じくらい、知的レベルも上げてから口開きなさいよ。分かった、ロミオ」

　何がよくて、魔女を応援しているのか。女同士通じ合うものでもあるのだろうか。特殊詐欺への対応を見ても、現職知事にすり寄る気がないことは分かる。政治理念など深い考えを持っている可能性もある。そんな難しい話ではなく、おれを罵倒したいだけかも知れない。よく分からなかった。

知事選の話題はタブーにしよう。しょせん雑談だ。サイコから馬鹿にされるのも慣れてきたが、精神衛生上よろしくはない。それに、おれの関心はほかのことにある。

須田芹果。デコピンの依頼で、レイプの被害届を潰した相手だ。なぜサイコのデスクに、あの女の情報があったのか。

また先日の贈収賄事案で、おれはサイコが持っていた証拠を処分した。気づいているはずだが、あの件もそれっきりになっている。十日近く経つが、どちらにも触れることはできないままでいた。下手な真似は、飯食っている狂犬の皿を引くに等しい。嚙み殺されちまう。

赤信号になった。おれはレクサスのブレーキを踏んだ。仙人が乗る雲のように、滑らかに停車する。気温も秋めいてきた。今日もいい天気だ。

8：37

おれとサイコは捜査第二課に入り、始業時刻を迎えた。

告示日まで半月を切り、県知事選は本格化し始めていた。来週には、県警本部及び各署に選挙違反取締本部が設置される。数か月前に設けられた事前運動の取締本部が、規模拡大のうえ再編される形だ。

今日の朝礼では、本部設置について課長訓示があった。準備万端手抜かりなく云々とお決まりの文句で、サイコからさほどの熱意は感じられなかった。そう張り切っているわけでもないように思えた。おれに嫌味を言っているときの方が、生き生きしているくらいだ。

パソコンを起ち上げ、どうでもいいような起案を作成し始めた。こんな仕事に血道を上げるより、デコピンのご機嫌を伺った方がいい。よっぽど今後の道が拓けるというものだ。

そんなことを考えていると、デコピンからお呼びがかかった。部長室へ来いという。

「ロミオ、昨日のTV観たか」部長室に入ると、デコピンが口を開いた。「魔女の婆ァが出てたろ」

コニャック入りのコーヒーを啜り、デコピンは部長の椅子を回した。

コーヒーを淹れた秘書は自席に戻っていた。以前から感じていたが、デコピンはこの女をまったく警戒していない。どんなに秘密裏な事案でも、平気で聞こえるように話す。全幅の信頼を置いているか、弱みでも握って掌握しているのか。大した女じゃないと単に侮っているだけか。デコピンから聞いたことはなかった。

昨日、小坂皐月が市内で記者会見を開いた。知事選へ出馬したい旨を表明するためだ。

「これ見てみろ」

デコピンがディスプレイを回した。部長のデスク上には、最新型のデスクトップパソコンが据えられている。

ディスプレイに映っていたのは、記者会見時に小坂が提唱した政策だった。自身のホームページを作成し、そこに掲載している。現代版の選挙ビラだろう。

選挙運動は、告示日から投票前日までしかすることができない。その期間以外で、投票の呼びかけなどを行なうのはご法度となる。だが、現時点でも政策の宣伝程度ならできる。内容は多岐にわたるが、特に力を入れているのは次の三点らしい。

一つ目は、第一次産業における法人化の推進。農林水産業の組織化を進めることにより、従事者の生活向上と後継者不足解消を図る。

次は、地元中小零細企業のマッチング。県内企業の合併を県庁主導で推進することにより、各企業の経営体力を増強し、地域経済の活性化を図る。経営の大規模化により、育休取得など従業員の福利厚生を充実させ、少子化問題の解決も視野に入れる。

最後は、最低賃金の全国水準二倍達成。県から各企業に人件費の補助を行ない、賃金アップを図る。特に少子高齢化対策として看護、介護、保育職は手当を現行の三倍とする。

「どう思う、お前」デコピンから感想を訊かれた。

「さあ。……給料上がるんならいいんじゃないですか。県警も上げて欲しいですけど」

答えに窮し、適当に答えた。政治家の公約に関心はないし、よく分からないというのが正直な感想だった。

「気楽なこと言いやがって」デコピンは苦々しげに吐き捨てた。「おれがこんなに困ってるっていうのによ。お前は、ほんとに顔だけだな。頼むぜ、ロミオ」

デコピンまで、サイコみたいなことを言い始めた。本当に顔しか取り柄がないのかと、おれは真剣に落ちこみつつあった。

「いいか。これはな、既得権益に対する挑戦なんだよ」

意味不明だ。おれはぽかんとしていたのだろう。腕組みしたデコピンが、大袈裟に鼻から息を抜いた。コニャックが香るコーヒーを飲み、こちらへ向き直る。

「農家や漁師が会社組織化されたり、町工場や中小零細の建設業者が合併したりすると規模がデカくなる。魔女婆ァの言うとおり経営体力が増して、倒産の心配も減るだろう。従業員も増えるから、会社内で仕事を替わってやることもできる。産休や育休も取りやすくなって、妊娠したからって仕事辞めたりしなくて済むようになるかもな。そこまではいいか」

おれはうなずいた。分かった気はした。いいことなんじゃないか。そんな感想も持った。デコピンが何に困っているのか、理解できなかった。

「……それ、いいことなんじゃ」

「馬鹿野郎！」

何となく答えたら、デコピンが激昂した。右手のデコピンが飛んでこないよう、おれは一歩下がった。

「この国はな」デコピンが続ける。「第一次産業や、中小零細の連中を奴隷扱いすることで成り立ってるんだよ。奴らを生かさぬよう殺さぬようにして、政治家や大手企業の顔色を窺わないと生きていけねえ状態に置いておく。そうすれば、政官財界のトップが顎で使えるだろ。それが日本の権力基盤さ。その点は都会も田舎も大差ねえ」

「はあ……」とりあえず答えた。デコピンは、こちらの反応を気にしていないようだ。

「奴隷どもに力をつけさせたら、政治家や大手企業の力が削がれることになっちまう。他人事じゃねえ。おれたち公務員も同じだぞ。奴隷は奴隷のままだから価値があるのさ。奴らがお上に頼らざるを得ない状況をキープしてこそ、この国の体制を盤石にできるんだ。お前が喜んでた賃金アップもそうだぜ、ロミオ」

コーヒーを啜り、おれを見据える。

「人件費を県費で補塡するだと？　県の金がダニみてえに湧くならそれもいいが、そんなうまい話はない。賃金水準を上げる財源は当然、どっかから回さなきゃならねえ。今やってる公共事業を削減してな。無駄な工事やしょうもない補助なんかで、旨い汁吸ってきた連中のパイが横取りされるのさ。そいつは上手くないだろ。搾取する側と、される側の逆転現象が起きちまうってことだからな」

多少分かってきた。搾取する側のデコピンは、既得権益が減ることを心配している。その下働きをさせられているおれにとっても、他人事ではない。

「選挙も近えし」デコピンは続ける。「県内、特に祝華市にも、多少の浮動票や無党派層は存在しやがる。面白がる跳ね返りが出てこないとも限らねえ。連中が血迷って魔女に投票したら目も当てられなくなる。万いや億に一つも婆ァの当選はねえだろうが、知事様の圧勝を邪魔されんのは困るんだよ。おれへの信頼が揺らぐ事態になりかねないからな」

面倒な事態になったとデコピンは言う。表情自体は、さほど危惧(きぐ)しているようには見えなかった。どんな政策が提示されても、選挙は楽勝と思っているのだろう。心配は知事のご機嫌だけらしい。これからどうするのかとおれは訊いた。

「さすがのおれでも、浮動票や無党派層まではどうしようもねえからな。心配しても始まらねえ。てめえにできることをやるだけさ。おまえ、選挙の本部には入るんだろ」

はいと答えた。来週からは選挙違反取締本部へ回される予定だ。捜査第二課員は大半が知事選にかかりきりとなる。デコピンはうなずいた。

「ちょうどいい。サイコの監視と並行して、魔女婆ァの動向も見張っとけ。おかしな動きをキャッチしたら、すぐおれに報告しろ。ほかの捜査員にもアンテナ張っとけよ。手柄独り占めしようとして、情報隠すバカがたまにいるからな」

サイコの監視はともかく、ほかの捜査員の動向までとなったら大変だ。下手に嗅(か)ぎまわると、上司や同僚から不興を買う恐れもある。上手く立ち回らなければならない。

「あと〝定期確認〟も怠るんじゃねえぞ」デコピンが付け足す。「告示を迎えるまでは、あそこが肝になるんだからよ。いいな」

18：02

夕刻になった。いつもならサイコを官舎へ送る時刻だが、今日は珍しく残業するという。

「帰るときは声かけるから、それまで待機しといて」

普段なら早く帰れないと苛つく局面だが、今日は好都合だ。〝定期確認〟のため、サイコを送ったあとも捜査第二課まで戻って残業するつもりだった。手間が省けた形だった。

県庁に勤務する本間へ連絡を入れた。県庁の外線ではなく、本人のスマートフォンへ直接だ。代表にかければ、職員への連絡は内線を経由される。盗聴まではないだろうが、庁舎内の内線は信用ならない。誰かに聞かれたくはなかった。

本間は、県庁の総合福祉課に勤務している。役職は主事で二十八歳。高校の同級生で、おれやサイコと同じクラスだったこともある。

合コン仲間の一人で、おれ経由で夏崎とも知り合いだ。ちなみに合コンレギュラーはあと二人、夏崎の友人がいる。計五名で動いていた。

中でも、本間はもっとも不細工だ。背が低く、小太り。目が細く、唇も薄い。縁なし眼鏡が精一杯のお洒落だった。普通なら仲間に加えない。冴えない見た目に反して、トーク力は抜群だった。合コンではムードメーカーを務め、奴の喋(しゃべ)りに助けられた場も多い。

「様子はどう？」おれは訊いた。

「絶賛作業中じゃない？」本間は答えた。「煌々(こうこう)と灯(あか)りが点(つ)いてるよ」

一〇月も後半となり、陽が早くなりつつある。まだ夕暮れで多少は明るいが、室内で作業するなら電灯は必要だ。

県庁本庁舎の構造は把握している。中央には大正末期建築の本館、洋館風のレトロな造りだ。向かって左には議事堂、外観は本館のレプリカを思わせる。右側は、別館一号棟と二号棟が向き合って立つ。

手前の別館一号棟が十四階、奥の二号棟が八階建てだった。総合福祉課が入る一号棟三階の廊下からは、二号棟の窓が最上階まで見渡せる。本間は二号棟の八階を見ている。灯りが点いていると言った部屋は、右隅にある特別会議室のことだ。そこでは現職知事――我妻晴彦の後援会名簿が集計されている。

「〇〇君ちょっと」知事選の時期になると、Q県庁職員は上司に呼ばれる。「君は組合に入ってなかったよね。革新系政党の親戚(しんせき)とかいる？」

質問の目的は、ディープな組合員や革新系政党親族等の職員を排除するためだ。非組合員かつ左寄りの血縁者等がいなければ、めでたく現職の後援会名簿用紙が手渡される。

公務員の選挙運動は違法となる。公職選挙法第一三六条の二により、地位利用による選挙運動及び類似行為が禁止されているからだ。違反すれば二年以下の禁錮、または三十万円以下の罰金だ。後援会名簿を集めたりすると、地方公務員法第三六条第二項第二号が定める署名運動の積極的関与にも抵触する。

その程度は、おれでも暗記している。捜査第二課員にとっては必須の知識だ。さすがに知らないとか言ってたら、大目玉を喰らう。

後援会名簿など何の意味があるのか。あんなものに名前を書いたところで、別の人間に投票したら終わりだ。県警に入るまでは思っていたが、そうでもないらしい。

「選挙の組織票は、基礎の基礎だからな」デコピンは言う。「とりあえず大量の人間に名前を書かせること。そこから始まるのさ。会社とか組織の人間なら命令や利益誘導で何とかなるが、フリーの連中をまとめるにはこの手が一番だ。後援会に入ったってことで、必ず投票してくれる純朴な阿呆も少なくねえからな」

さすがに、職員自らに署名を集めさせるようなことはしない。あからさますぎて、いつタレこまれるか分かったものじゃないからだ。むしろ、職員自ら動かないよう上司から釘を刺される。後援会名簿用紙の配布目的は、職員の親族にかき集めさせることだった。

普段は、県庁内に親族のいる職員が出世などは有利と聞いている。このときだけは、公務員の親族が少ないほど使えると見なされる。選挙運動に回せる人員が増えるからだ。たくさんの名簿をかき集めることができるため、上司からの覚えもめでたくなる。その上司自身の評価も上がるという寸法だった。

県庁職員の親族を使った集票活動。非常にグレーな選挙運動とはいえる。だが、これを挙げた事例は県警にも存在しない。

ただし、特別会議室で行なわれている集計作業は別だ。親族経由で県庁職員に集めさせた後援会名簿を、現役職員の手で取りまとめさせる。しかも職場、県庁内で勤務時間中に。

集計に当たっているのは数名ほどの職員だ。音頭を取っているのは用地課長の飯沼豊。あと子飼いの若手が何人か関与している。

飯沼は五十五歳、背が低く腹だけ出ている。頭の毛は疎らで白い。苦労人として庁内で有名らしく、〝Q県庁の木下藤吉郎〟と呼ばれているそうだ。

県庁内に血縁やコネがないと、人事面で苦労させられる。飯沼はその典型で、入庁時から出世に見放されてきた。

加えて、用地買収や税金徴収などは一度経験すると離れられなくなる。ほかの部署に異動しても、数年したら戻されてしまう。一般的な行政事務とは異なる技量が求められるからだ。飯沼も、現場で用地ばかり買わされてきたという。

このままでは、一生現場の下働きで終わってしまう。そう考えた飯沼は直接、知事へ取り入ることにした。庭の草むしり、側溝のどぶ浚い、車での送迎など。我妻家の雑用を一手に引き受けてきた。

「そのおかげで、課長にまで昇進できた」

飯沼は周囲に漏らしているそうだ。部長や、さらに上も夢ではなくなったとまで豪語しているという。

「本当なら、定年まで現場で飼い殺しにされてもおかしくなかった。知事様には感謝してもし切れない。命に替えても、ご恩に報いる」

涙ながらに、周囲に語っているらしい。後援会名簿の違法な取りまとめも自ら手を挙げた。汚い真似を積極的に引き受け、さらに知事から目をかけられたいのだろう。おれも気持ちは分からないでもない。デコピンと出会わなければ、使い捨て同然だったはずだ。

協力させている子飼いの職員も、やはり血縁やコネがない。冷や飯を食わされ続け、ここらで一発逆転と考えている連中だった。そのためなら順法精神などくそくらえ、選挙違反も何のその。そんな哀れな輩が集まって、作業を進めている。

彼らは通常業務からは切り離され、日中の勤務時間も作業に余念がない。完全な職務専念義務違反だ。今の時刻は勤務時間外だが、残業扱いとされ超過勤務手当も支給される。

ちなみに、毛並みのいい職員は参加していない。政官財界の重鎮や、幹部職員のご子息様などだ。婿など姻族も含まれる。そうした箱入りのエリートは、こうした汚れ仕事からは遠ざけられ温存される。この国は、こんな田舎の役所まで格差社会だ。

こうした情報を、おれは本間から得ていた。奴も県庁内にコネはない方だ。随所にアンテナを立て、あわよくば自分も旨い話にありつきたいと考えている。

「完全な選挙違反だけどよ」デコピンも言っていた。「祝華市はじめ県下で知らない者はいねえ。公然の秘密だ。皆、口を噤んでやがるだけさ。協力してる職員は当然として、あのうるせえ職員組合でさえ手を出しかねてる。民間企業や各種団体なんかは当然だろう。田舎ほど、権力者の顔色窺わないと生きていけねえからな」

　地元マスコミも知ってはいるが、手を出すことはなかった。全国紙でも同様だ。記者クラブから除名されることはないだろうが、取材拒否など県の情報は一切入手できなくなる。報道の正義も、市場理論の上に成り立っている。商売にならなくなるような真似はしない。デコピンは続ける。

「日本でビジネスを行なう、イコール権力に従うだからな」

　県警も黙認している状態だった。逮捕はおろか捜査に着手したことさえない。おれが本間から状況を聴いているのも、取り締まりのためではなかった。逆だ。

　集計作業が順調に進んでいるか、確認し見守るためだった。さすがに県警の捜査員が現地へ赴くなど、直に保護するのは無理がある。県庁職員から現状報告を受けるのが関の山だろう。そうやって状況を把握し、無事をデコピンへ報告する。これが〝定期確認〟だ。県庁で集計作業が開始されてから、おれは連日この確認を行なってきた。

「さっきも大熊先生がさ、特別会議室に向かってたよ。祝華亭の紙袋持ってさ。差し入れじゃない？　松花堂弁当かな。羨ましいよなあ」

スマートフォンの向こうで、本間が言う。深いため息は食い意地か、出世コースの闇作業へ加えてもらえない妬みだろうか。

大熊英俊は六十二歳の県会議員だ。当選回数四回の中堅どころ。ベテラン勢の高齢化に伴い、もっとも勢いのある県議と目されている。長身で恰幅がよく、年齢に反して黒い髪はふさふさだ。髪型は尊敬するJFKと同じにしている。

県議会では、現職知事からもっとも信頼される存在だった。我妻一族とも懇意にし、先代のバックアップも受けている。知事選において現職を推す県議は、全体の八割を超える。その中でも、大熊は主導的な立場だ。県職員による選挙活動に対しても、違法と知りながら積極的に協力しているという。今日の差し入れも、その一環だろう。

祝華亭の松花堂弁当は、差し入れなどに人気と聞く。祝華市中心部の繁華街では、格式が高く歴史もある料亭の一つだった。当然に値段も高く、件の弁当は一人前二万円からとなっている。デコピンによると、最近の政治家は総じて金離れが悪いそうだ。おれは食べたことがない。ケチと評判の大熊にしては、奮発した方だろう。

「じゃあ、集計作業は順調なんだ」

おれの質問に、本間はあっさりした口調で答えた。

「そうじゃない？　見たわけじゃないけど。部屋に入れてくれるはずもないしね。堅気の職員で、あそこに近づく怖いもの知らずはいないよ。皆〝君子危うきに近寄らず〟さ」

「魔女の公約見た？」

「見たけど、無理無理。今の県庁にあんな財源ないから。何かの間違いであの婆さんが知事になったとしても、部長級はじめ聞く耳を持つ職員はいないさ。誰もマトモに仕事しやしないよ。女の知事なんて、今までこの県には一人もいなかったしね。それ以前に当選できないだろうけど。〝魔女のおばさん〟が何言ったところで、知事様の勝利は揺るがないでしょ」

引き続きの定期確認を依頼して、おれはスマートフォンを切った。その足で、刑事部長室へ向かった。秘書は帰っている時間なので、ノックした。入れと返事はあったが、デコピンは電話している雰囲気だった。

「……はい。じゃあ教祖様、よろしくねえ」

デコピンはスマートフォンを切るところだった。視線を向けてくる。

「よう、ロミオ。今、祝華組と祝華教に連絡してたとこさ。選挙よろしくってな」

祝華組は県内一本独鈷（どっこ）のヤクザ組織だ。博徒で、神戸（こうべ）を本家とする指定暴力団の直系に当たる。祝華教は県内を中心に、信者を食い物にしている新興宗教いわゆるカルトだった。

「暴力団とインチキ宗教は選挙に欠かせねえからよ。反社の連中も可哀そうだぜ。アパートも貸してもらえなきゃ、銀行口座もダメ。そのくせ投票にだけは行けって言われんだから。政治家（せんせい）にも困ったもんだよな。で、本間の奴、何て言ってた？」

「順調みたいですよ。昨日と変わらずですけど」

「そりゃそうだろ」デコピンが椅子を回す。「あそこの集計作業に、ちょっかいかけるバカはいねえだろうからな。あとはきっちり票まとめこんで、告示日を迎えるだけさ。県庁の用地課長さんが、機械的に粛々とやってくれる。今日はもういいぞ。適当に切り上げとけ」

デコピンは犯罪を挙げるために、情報を収集しているわけではない。現職の知事を安全に当選させる。関心があるのはそれだけだった。

サイコが残業している旨告げると、珍しいなと驚いていた。日々の行動は毎日欠かさず、すべてデコピンに報告してきた。

失礼しますと一礼し、踵(きびす)を返した。サイコの残業終了を待ち官舎へ送れば、今日の仕事は終わりだ。

19：14

「皆、パソコン見て。作業の手は休めてください」

サイコの指示が課内に響いた。先刻から仕事をしている様子がなかった。普段てきぱきしているので、暇そうだとすぐに分かる。

パソコンなんか見てないで、さっさと帰れよ。そう思ったが、言われたとおりにした。

サイコが指示したのは、アメリカに本社がある有名な動画配信サイトだった。捜査員全員が同じチャンネルに合わせた。

「ただいま県庁別館二号棟の八階、特別会議室前の廊下に来ております」

各自のパソコンから声が漏れる。ディスプレイでは、マイクを手にした女性が喋っていた。顔に見覚えがあった。茅島桃子、祝華日報の記者だ。県警の記者クラブで一度、名刺交換したことがある。取材ではなく、広報課の同期に紹介され挨拶だけ交わした。

長身痩軀、髪はセミロングで黒い。新聞記者のためか、地味で活動的なファッションを好むようだ。若く見えるが、三十代後半くらいだろうか。なら、おれより十歳は上だ。上昇志向が強く、スクープを常に求めているとの噂だった。勝気な性格とも聞いている。

祝華日報は県内で唯一の地方新聞だ。県内発行部数はトップで、全国紙の追随を許さない。TVやラジオより、はるかに強い力を持っている。

生配信のようだ。新聞記者が動画にでるのは珍しい気がした。しかも、県庁の特別会議室前だ。茅島は何をしようとしているのか。

捜査第二課内は騒然とし始めた。会議室内で何が行なわれているのか、職員全員が知っているからだ。

「すみません。ちょっと取材に応じていただけますか」

茅島が特別会議室をノックした。返事はない。何度もドアを叩き、中の反応を窺い、ふたたび呼びかける。その繰り返しだ。

中の人間がドアを開けるはずもない。選挙違反行為をネットで晒すことになる。声さえ立てられないだろう。いくら公然の秘密とはいえ、動画配信されるのは別の話だ。

長い集音マイクが天井近くを移動している。ドアの向こうからは、ばたばたとした足音や何かを落とすような気配が伝わってきた。会議室内の混乱ぶりが分かる。

おれはサイコの様子を窺った。つまらなそうにパソコンを見ているだけだ。表情では何を考えているかつかめなかった。ただ一言だけ呟いた。

「面白くなってきたわね」

19：29

数分が経過した。動画の生配信は続いている。特別会議室に点っていた蛍光灯が消えた。中の人間は籠城を決めこむつもりらしい。

「開けなさい！」

陽は暮れ続けている。暗闇の中、叫びながら茅島がドアノブを回す。中から施錠されたドアはびくともしない。老朽化した合板のドアだ。蹴破ろうと思えばできなくはない。男手の数人もあれば時間の問題だろう。

捜査第二課内では、残っている職員がパソコンに釘づけとなっていた。固唾を呑んで、成り行きを見守っている。

黙って見ているという意味ではサイコも同じだが、雰囲気が違った。気楽というか、無表情だった。特に指示も出してこない。

スマートフォンが震えた。デコピンだ。おれは廊下に出た。

「パソコン、観てるか」

デコピンも動画を見ているようだ。はいと答えた。

「まずいな」デコピンが嘆息する。「ロミオ、ちょっと部長室に来い」

一度課室へ戻り、係長へ向かって部長に呼ばれた旨を告げた。パソコンに目を向けたまま、係長がうなずいた。呆けたような顔は若干蒼ざめて見えた。課員すべてが、事の重大さを理解していた。公然の秘密が破られる。暗黙の了解を、マスコミが一方的に破棄しようとしている。これからどうなるのか、県警としてどうすべきか。

「課内はどんな様子だよ」

ノックして部長室に入ると、デコピンが訊いた。蛍光灯は明るく、部長席対面の大型TVは消されている。視線はパソコンへ向けられたままだ。

「皆、どうしていいか分からず呆然としてます」

県庁職員の選挙運動に対し、県警は長年目をつぶってきた。マスコミが動き始めたからといって、尻馬に乗るわけにもいかない。なぜ今さら思い出したように、新聞記者が動き始めたのか。問題はそこにあった。それくらいは、おれにでも分かる。

「畜生」忌々しげに吐き捨て、デコピンが舌打ちする。「何考えてやがんだ、あのブン屋。こんなもん、スクープでも何でもねえだろ。この町じゃ誰でも知ってることだぞ」

続けて、捜査第二課には誰が残っているか質問された。サイコはじめ残っている課員の名前を挙げた。

「中には誰がいるんですか」

おれは訊いた。デコピンは、県庁から中の状況を聞き取っていた。

「集計仕切ってた飯沼と、あと県議の大熊先生。その二人だけらしい」

用地課長の飯沼豊と、県会議員の大熊英俊。携わっていたほかの県庁職員は、たまたま別の部署へ行っており難を逃れていた。

「何とかして、茅島の奴を会議室へ入れないようにしねえとよ」

「何で、急にこんな真似したんですかね」

現職の我妻だけではない。代々県知事選の度に行なわれ、町中が知らぬ顔を決めこんできた。今になって何を思ったか。おれや県警職員だけではない。動画配信を見ている県民は皆、そう思っていることだろう。

「思い当たる節がないわけでもねえんだが……」

おれの疑問に、デコピンが眉をひそめる。一つ息を吐き、説明を始めた。

半年ほど前、県庁が少子化対策イベントを開催した。内容は正論だけ並べ、可もなく不可もなかった。やってる感を出すだけのくだらない事業だ。茅島はこれに嚙みついた。

提唱されている家庭観が昭和で古臭い。ＬＧＢＴＱ＋への配慮も不足。これでは少子化促進イベントだ。批判的な記事を紙面で展開した。その内容は知事の逆鱗に触れた。

県庁との関係悪化を恐れた祝華日報上層部は、茅島を関連するケーブルTVへ異動させた。記者ではなく営業職だ。畑違いの仕事を与えた実質的な左遷だった。

「その腹いせかよ」デコピンが腕を組む。「それにしちゃ、大胆な意趣返しするじゃねえか」

おれはデコピンの背後に回り、パソコンを見せてもらった。廊下は暗くなり、茅島は会議室のドアをノックし続けている。状況に変化はないようだ。

会議室内には、県庁職員がかき集めてきた後援会名簿が積み上げられているだろう。茅島を入れることはできない。カメラ同伴ならなおさらだ。

「ヤー公よりタチが悪いな。連中なら簡単につまみ出せるからよ」

デコピンの言うとおりだ。基本、県庁は県民に広く開かれている。ただし、あらかじめ入庁できない人間も定められていた。該当する不審者なら、県庁職員自ら退去を命じることができる。県警への通報も、一般県民の場合は微妙だが、あきらかに業務を妨害していれば公務執行妨害による対応も可能だった。

だが、新聞記者の取材に退出を求めることなどできない。県庁内での活動を認めなければ、報道の自由を侵害することになる。規制をかけるなど論外だ。猛反発を受けるだろう。

県庁とマスコミ各社は蜜月関係にあるが、それも維持できなくなる。報道機関にとって、県庁の情報をスムーズに得ることは死活問題だからだ。県政側も、マスコミからの批判を避けるのは最重要課題だった。互いにウィンウィンの関係を保つ必要があった。報道を規制するような庁舎管理規程は設けられない。

茅島が今夜行なっている行動は、県庁と報道機関の信頼関係に罅を入れかねない暴挙だった。イベントに対する批判記事などとはレベルが違う。

「ネットか。おじさんには辛いなあ。よく分かんねえんだよ、お前ら若いのと違って」

口では言いながら、デコピンには分かっている。ネットで形成される世論は重要だと。動画は国中どころか全世界に配信されている。県内の常識は、世界の非常識だ。暗黙の了解など通用せず、大騒ぎになるだろう。選挙戦も、我妻の圧勝とは行かなくなる恐れが出てきた。昔なら、選挙区内の評判だけ気にしていればよかった。今は違う。ネットが炎上すれば、選挙民も少なからず影響を受ける。組織票を固めているとはいえ、油断はできない。

「県庁は何て言ってるんですか」

県庁上層部にも、デコピンはコネを持っている。庁舎内の管理をしている総務課と、連絡を取り合っていた。残業中だった課員が、どうやって中の人間を逃がすか思案中らしい。いい案は浮かばず、茅島に特別会議室の鍵を貸すことだけは固辞し続けているそうだ。

「窓から、ドアの鍵かけたまま脱出させろ言ってんだけどよ。難しいらしい」

窓からの脱出は、県庁総務課でも検討済みらしい。窓の外には歩ける場所がない。隅の雨樋は地上に通じているが、老朽化した塩ビパイプだった。人間の体重を支えられないだろう。八階から飛び降りるしかない状況だ。無事でいられるはずがなかった。

用地課長の飯沼はそれでいい。さっさと飛び降りろ、できれば頭から行け。死人に口なし。職員の命など屁とも思っていないのが、この町だ。県庁だけではない。県警も同じだった。

県議の大熊はそうもいかない。県議会でもっとも勢いを持ち、知事にとっては選挙及び政策推進の要だ。傷一つでも負わせれば、身内の離反を招きかねない状況に陥る。

「困った姐さんだよな。子育て支援に熱心なとこは嫌いじゃねえんだが」

デコピンは少子化や子育てに深い関心がある。中でも特別養子縁組の推進には熱心だった。多額の寄付をし、支援団体にも入っている。幼くして両親を亡くし、親戚をたらい回しにされて育ってきたためだろうか。今でも独身だ。

「それはともかくよ、ロミオ」

デコピンが向き直る。手元のコーヒーカップからは、かぐわしい香りがしている。コーヒー抜きのコニャックだ。デスク上には、堂々とボトルが置いてある。

「何とか、あの女パクれねえか。ブン屋なんざ、叩けばいくらでも埃出んだろ」

「え」おれは目を丸くした。「……そ、それはちょっと」

「二課にも指示してるんだが、色よい返事が来ねえ。マスコミ関係者が、そんな清らかな生活してるはずねえんだが」

捜査第二課には、ほかにもデコピンの子飼いがいる。信頼ははるかに厚いだろう。おれなど、しょせん暇つぶしの話し相手に過ぎない。

「出てきてください！　いらっしゃるのは分かってるんですよ。中で何をなさってるんですか。答えてくださるまで帰りませんから」

パソコンから険しい声と、ドアを叩く激しい音が響く。茅島の追及は厳しさを増している。諦めて引き上げるという気配は感じられなかった。

呼応するように、デコピンの苛立ちも増していった。コーヒーカップのコニャックを一気に呷る。

「一体どうなってんのか、社長に訊いてみるか」

デコピンと同じく、おれも疑問だった。なぜ祝華日報の元記者が、町のタブーともいえる事柄への突撃取材を敢行したのか。閑職に追いやられているとはいえ、今度は職さえも失いかねない所業だ。

加えて、祝華日報と我妻一族には因縁がある。

三十年前、祝華市に新たな地方紙が誕生した。祝華日報にとってはライバル紙に当たる。ライバル紙は部数を拡張し、祝華日報にとっては創刊以来の危機となった。当時の祝華日報は我妻一族に泣きついた。先々代のころだ。同ライバル紙は地元権力層に批判的だった。双方の利害は一致した。

我妻は自ら旗振り役を務め、徹底した取材拒否を行なうよう扇動した。県庁や市役所、地方政治家に民間企業など町中が従った。何かと難癖をつけて、取材を拒み続けた。地元の協力により、祝華日報はライバル紙を廃業へ追いこむことに成功した。

祝華日報はそれ以来、我妻一族には頭が上がらない。その因縁は今も続いている。

今夜の件は、およそ現在の祝華市では考えられない事態だった。

「サイコはどうしてる？」

「パソコン観てますよ」デコピンの質問に、おれは答えた。「気持ち悪いくらい大人しいです。何を考えているのやら」

「目を離すなよ。少しでも変な素振り見せたら、すぐ報告しろ」

デコピンは、昔気質でSNSが大嫌いだった。個人的にはメールもしない。電話しか連絡方法はないのだが、サイコはいつ動き出すか予想できない状態だ。はたしてその余裕があるだろうか。分かりましたと答えた。

「じゃあ二課に戻れ」デコピンはカップにコニャックを注いだ。「用ができたら、すぐに呼ぶからよ。それと試しに、ちょっとサイコに話しかけてみろ」

おれは捜査第二課へ戻った。サイコの席へ近づいていった。変わらず、つまらなそうにパソコンを観ている。

「あの、課長。この動画の件どうしましょうか」

「うるさいわね」露骨にサイコが顔を歪める。「黙ってパソコン観てなさいよ。あんた、映画館で盗撮された違法動画ばっか見てるんでしょ。そんな奴に限って、〝安上がりだ、おれ賢い。まともに入館料払う奴はバカだ〞とか思ってんのよね。ケチ臭い三文男が」

「そんなことしてませんよ！」

映画自体、ほとんど観ないけど。うしろで女性課員が嗤っている。いつまでこんな日々が続くんだろう。泣きたくなった。

22：13

数時間が過ぎた。夜も更けている。

県庁内の騒動は持久戦に持ちこまれていた。動画の配信は続いている。

茅島とカメラマンは廊下に陣取り、ドアをノックし続けていた。会議室内は沈黙したままだ。映像に動きがないためか、視聴者数は伸び悩んでいた。

中の状況が暴露されれば、状況は一変するだろう。公務員が、職場で堂々と選挙違反をしていた。公職選挙法や地方公務員法はもちろん、職務専念義務違反にも抵触する。ネットは炎上し、地上波その他全国レベルのマスコミも動き出す。国中が大騒ぎとなるはずだ。

部長室から戻ったおれは、パソコンを観続けていた。ほかの捜査第二課員も同様だ。誰一人帰宅する者はいなかった。

警察沙汰になるなら、捜査第二課の担当だった。デコピンその他、上層部から具体的な指示は下りていない。事態の異常さゆえ、皆動きが取れないのだろう。おれや、課員のような下っ端となればなおさらだ。

「なかなか粘るわね。思ったより根性あるじゃない」

サイコにも動きはなく、ときおり他人事のように呟くだけだ。ドラマか、バラエティ番組でも面白がっているような口調だった。

茅島をけしかけたのはサイコではないか。そんな疑いも持ってはみたが、すぐに頭から振り払った。あの女に何の得がある。捜査第二課長にとっては、自分の首を絞めているに等しい。面倒な状況に自らを追いこむ所業だ。他人事みたいな呟きは単なる強がりだろう。そう思うことにした。

画面に動きがあるのは、県庁総務課の職員が様子を窺いに行ったときだけだ。数十分に一度行なわれている。

何をなさってるんですか。いつまでいらっしゃるんでしょう。お手伝いできることはありませんか。茅島たちに話しかけるが、正当な取材だと、けんもほろろに追い払われている。逆に会議室の鍵を貸せと要求され、早々に引き返している始末だった。

「お時間も遅くなってまいりましたし、そろそろ……」

一時間前には、総務課長自らが出向いた。おずおずと話しかける。

「中で何をやってるんですか」

会議室内にいるのは誰か。見られたらまずいことなのか。逆にカメラを向けられ、茅島から質問攻めにされた。総務課長は、ほうほうの態で一目散に逃げ出してしまった。

基本、公務員はマスコミが苦手だ。下っ端ほど、その傾向が強い。下手なことを喋ると、責任だけ取らされる。よほど上昇志向が強いか、目立ちたがりの変人でない限り取材は避けたがる。課長になっても、その習性は染みついているようだ。

その間、おれはデコピンに何度か呼びつけられていた。具体的な指示はなく、単なる暇つぶしに声をかけているとしか思えなかった。

「社長、どうなってんだよ！」

一度など祝華日報の社長に電話し、怒鳴りつけていた。茅島の突撃取材は、社長はじめ上司の指示ではないという。ほかの社員は誰も関与していないそうだ。

祝華日報の代表取締役は、北村昭という元サツ回りの記者だ。来年、定年退職すると聞いている。長身で筋肉質、加えて角刈り。サツ回りの長さが見た目で分かる。生粋のブン屋と評判で、現役時代から県警では有名人だ。職人気質の現場屋がトップにまで上り詰めるのは、官僚主義的な祝華日報では珍しい。デコピンとは昔馴染みで、親密な関係を築いてきた。

知事とも昵懇だ。我妻一族にライバル紙を潰してもらったのは三十年も前だが、恩義は代々の社長に引き継がれている。現職に頭が上がらないのは、北村も同じだった。ゆえに批判的な記事を書いた茅島は左遷され、県庁の選挙違反も見逃されてきた。

「困るぜ、社長。社員の手綱は引いといてもらわねえと。躾がなってねえよな。どんな社内教育してんだよ」

相手の反論に、デコピンがスマートフォンを耳から離す。北村は、声がでかいことでも有名だ。スピーカーにしていなくても喋りが漏れる。でなければブン屋など勤まらないだろう。ぼそぼそ喋る新聞記者など、無口な芸人より使えない。

「ぐだぐだ言い訳してねえで、さっさとあの姐さん引き揚げさせてくれよ。あんた、社長なんだからさ。それくらいできんだろ」

デコピンは聴力がいいのか、またスマートフォンを耳から離した。人の話が聴けないと、警察官も勤まらない。茅島を早く撤収させるよう念を押し、通話を終えた。

「声だけはでけえな。気は小せえくせに」

デコピンが毒づく。すでに数回は直属の上司経由で説得したが、空振りに終わっていた。

そうして部長室を何度か往復し、おれは捜査第二課へ戻っていた。サイコからも特に指示等はない。無表情にパソコンを見ているだけだった。おれは課長席に耳を澄ませた。不法占拠や、侵入などによる県庁からの通報はない。事が大きくなるだけだ。なるたけ穏便に済ませたい。茅島以外の関係者は全員そう思っていることだろう。

県警に何も言ってこないのは、茅島サイドも同じだった。スクープを独占したいのか、選挙違反が行なわれているなどといった通報はされなかった。

当面は様子を見る。サイコはそう考えているのか。その点では、デコピンと認識が共通しているようだ。現時点では、県警が事態に介入できる余地はなかった。茅島を排除する口実が見当たらないからだ。違法行為が行なわれているのは、会議室の外ではなく中だ。古い流行語ではないが、事件は会議室で起こっている。まったく洒落（しゃれ）にもならない。

逆に会議室内の選挙違反を挙げようとしても、ドアが開かなければ証拠はない。どちらの側から考えても、膠着（こうちゃく）状態を打開する手はなかった。

「カメラマンの素性だけは分かったぞ」

また部長室へ呼ばれ、デコピンが告げた。市内にある民放の女性スタッフらしい。名は近藤汐里（こんどうしおり）という。茅島との関係は不明だ。

近藤は祝華放送の記者兼カメラマン、二十六歳だ。数年の臨時職員を経て、昨年に正式採用となった。小柄でショートカットの活発な女性だった。あとで課に戻ってから、局のホームページで確認した。番組にも出演し、レポーター役を務めている。

上司のセクハラを訴えたことが原因となり、社内で冷遇されているという。デコピンからの情報だ。

祝華放送は、Q県で最も古い民放だった。公共放送を除いて、県内にある民放四局のうち一番規模が大きい。

「まったくよう。田舎のマスコミには困ったもんだぜ。何がセクハラだ、エロ爺（じじい）が」

地方都市の悪徳を一身に背負っているようなデコピンだが、セクハラとは無縁だ。悪事はスマートでなければならない。一種歪んだ矜持を、ことあるごとにひけらかして見せる。

「それはともかく、何とかしねえとな」

組んでいた腕をほどき、デコピンがコーヒーカップへ手を伸ばした。コニャックが進んでいるのか、ほのかに頬が赤い。

「ちょっと一人で考えてみる。いい手思いついたら呼ぶから、それまで課内の様子でも見てろ、特にサイコを。少しでも変な素振り見せたら、すぐに連絡しろ。いいな」

23：46

ふたたび部長室へ呼ばれたときには、一時間以上経っていた。

デコピンも警戒しているサイコだが、驚くほど動きがなかった。言葉を発することも、感情を見せることもなくパソコンに見入っていた。課員に指示を出す様子もない。

先刻、邪険に扱われてから近づかないようにしていた。精神衛生上よろしくない。こっそりと視線を送り、耳をそばだてているだけだ。

課長が動かない以上、課員も同様にじっとしているしかない。帰宅することもできなかった。上司の動向に部下が合わせる。官民問わず、よくある光景だろう。昭和的な同調圧力が室内を覆っていた。誰もがディスプレイに視線を向け、手持ち無沙汰に耐えている。

時間だけが過ぎていった。このままでは日付が変わる。

重い空気の中、デコピンからの呼び出しはありがたかった。

「何か動きはあったか」

デコピンの問いに、見たままを答えた。全員動画を観ているだけなので、回答も簡単だ。

「そうか」デコピンがスマートフォンを手にした。「何とか間に合ったみてえだな」

「どこにかけるんですか」

「県庁の総務課長」

平静を装ってはいるが、かなり業を煮やしていたようだ。厳しい口調で、スマートフォンで指示を出し始めた。

デコピンの話しぶりから計画をまとめると、次のとおりになる。

祝華日報社長の北村から、茅島に電話をかけさせる。話している隙に、用地課長の飯沼と大熊県議が脱出する。逃走ルートの段取りは、県庁総務課長に一任。至急、検討せよ。

総務課長が反論しているようだ。内容は想像できる。

その方法で籠城を解くと、特別会議室が開放されたままになる。室内には県庁職員が集めた後援会名簿が積まれている。不法行為を証明する証拠になるのではないか。

「つまんねえこと心配すんな、課長」デコピンは一笑に付した。「用地課長が勝手にやってた。そういうことにすればいいじゃねえか」

デコピンは、総務課長を説得し始めた。飯沼が会議室を自分で借りて、違法な選挙運動をしていた。すべては大好きな知事様を応援するため、勝手にやったことだ。知事はもちろん県庁職員など誰も、その事実を把握していなかった。

県議の大熊は、仕事の関係で用地課長を訪ねただけだ。何も知らず、たまたま会議室に入って巻きこまれた。飯沼から拘束され、外に出られなくなってしまった。

これで知事、県議及び県庁関係者は助かる。犠牲は、用地課長の飯沼だけで済む。

総務課長も賛成したようだ。デコピンの頰が緩む。

「じゃあ、課長。早速、課員に命じて脱出ルートを設定させてくれよ。しっかり頼むぜえ。知事様も自宅で、事の成り行きを見守っていらっしゃるからよ。了解は取っておくから」

今になって違和感を覚えた。先刻から、部長室に出入りしているのはおれ一人だ。デコピンの焦り具合からしても、今回の籠城は緊急事態といえる。どうして側近たちが傍にいない。公安課長の貞野や、捜査第一課長の岩立などは呼ばなくていいのか。

そこまでの懐刀でなくても、デコピンが信頼を寄せる子飼いはほかにもいる。おれなど、しょせん使い走りにすぎない。

そういった連中は、すでに配置済みではないのか。デコピンは何かを企んでいるのでは。

おれは背筋が寒くなった。デコピンの傍で甘い汁は吸いたい。だが、ディープな悪徳の沼に嵌まって、身動きが取れなくなるのはごめんだった。都合が悪くなった場合、逃げ出せる余地は残しておきたかった。詰め腹を切らされるのは避けたい。

続いてデコピンは、祝華日報社長の北村に連絡した。計画を説明し、納得させる。「電話するタイミングが重要だからよ」デコピンが念を押す。「よろしくな、社長」

用地課長の飯沼には、総務課長が連絡するそうだ。両者のタイミングを合わせる必要があった。少しでもずれれば、茅島や近藤に隙を与えてしまう。

決行は午前〇時ジャストとなった。

一〇月二一日　土曜日　0：00

県庁別館二号棟八階、特別会議室前の廊下。

〇時ジャスト、祝華日報元記者の茅島が顔を上げた。懐からスマートフォンを取り出す。

数メートル離れた茅島の隙を突いて、会議室のドアが開く。用地課長の飯沼豊、県議の大熊英俊が同時に飛び出した。廊下を茅島たちの反対側、奥へと走りこんでいく。

おれは、県警本部捜査第二課でパソコンを観ていた。ほかの職員も同様だ。全員が息を呑んでいた。この展開を知っているのは、室内でおれだけだろう。緊張した空気に包まれている中、例外はサイコだけだ。頬杖をつき、欠伸でもしそうな様子だった。

飯沼と大熊の逃走に気づいた茅島が、あとを追う。背後から、カメラマンの近藤汐里が撮影している。全員が全力疾走だった。

茅島が階段を駆け下り、カメラとぶつかりそうになった。その先に、飯沼と大熊の背中が見え隠れしている。茅島の声が飛ぶ。

「待ってください。話を聞かせて」

おれはデコピンから逃走ルートを聞かされていた。県庁内の構造も把握している。二号棟の階段を一階まで駆け下りれば、駐輪場へ通じるドアへ辿りつく。夜間は施錠されるドアや門扉は、あらかじめ総務課員が開放している。

飯沼と大熊には、囮の役目もある。茅島や近藤が追っている間に、県庁の総務課員が特別会議室を施錠するためだ。すでに、ドアはロックされているだろう。選挙違反の証拠は当面、扉の向こうに隠された。茅島たちが囮を追うかは賭けだったが、成功した。

あとは、用地課長に罪を被ってもらうだけだ。

深夜の県庁内、階段の灯りは灯されていない。暗闇の中で、逃走と追跡は続いている。

飯沼と大熊が一階に着いた。開放されている正面のドアから外へ。茅島とカメラが続く。

「どこへ行くんですか！」

茅島の声に、飯沼と大熊がふり返ることはない。

県庁構内に外灯はなく、シルエットで駐輪場と分かるだけだ。抜ければ、駐車場に出る。そのまま進めば、四ヶ所ある門扉の左端にぶつかる。

通常なら、両開きの鉄扉が固く閉ざされている時刻だ。左右とも大きく開かれていた。

飯沼と大熊が走る。茅島と近藤も追うが、女の脚だ。近藤はカメラも担いでいる。

門扉の外には、タクシー二台が待機していた。手はずどおりだ。飯沼と大熊は県庁敷地から飛び出した。一台ずつ分乗し、急発進させる。残されたのは肩で息をする茅島たちと、タクシー二台のテールランプだけだった。

動画は終了しない。茅島とカメラが県庁構内へ戻ろうとする。眼前で扉が閉ざされた。

「開けなさい」

扉を叩きながら、茅島が猛抗議する。カメラは格子越しに、去っていく県庁職員の背中を映していた。映像はほか三ヶ所の門に移動するが、すべて施錠済みだった。茅島と近藤は締め出された形だ。

所在なく、カメラが深夜の祝華市中心部を映していく。ときどき猛スピードの車が、県庁前の国道を走り抜けていくだけだった。

「猿渡くん、車回して。行くところができたから」

視線を向けると、すでにサイコは立ち上がっていた。

「え？　この時間からどこに行くんですか」

帰宅するつもりではないようだ。一応立ち上がったが、とまどいがそのまま声に出た。

「いいから急いで。行き先は乗ってから指示するわ」

厳しい口調で断言され、おれは言われたとおりにした。課室を飛び出し、レクサスを県警本部の裏口へ回す。この時間では、正面玄関を開けることはできない。キャリアの課長でも無理なことはある。

待機すること数分で、サイコは後部座席に滑りこんできた。行き先の住所が告げられる。祝華市の郊外だ。個人の住宅らしい。おれは訊いた。

「誰の家ですか」

「飯沼豊の自宅よ」

0:31

「だいたい組織票なんて憲法違反じゃない」

後部座席でサイコが吐き捨てる。おれは、レクサスを国道の東へ走らせていた。深夜だ。行き交う車も少ない。

「選挙権は国民一人ひとりに認められた権利なのよ。それが、社長や地元名士の言いなりなんて。人権蹂躙もいいところよ」

はあと答えた。よく分からないし、興味もない。

「やっぱり、県庁とかの採用年齢上限は撤廃しなきゃ駄目ね」

「そうすると、どうなるんですか」

「若いのが出て行って、経験豊富で優秀な中堅どころが帰ってくる」

「えぇ」おれでもまずいと思った。「若いのが、地元出て行ったら困るじゃないですか」

「地元に必要な若いのっていくつよ?」

「それは、二十代とか……」

「それは若いじゃなくて幼いっていうの。そんな連中を田舎に閉じこめといたって、何の役にも立ちゃしない。都会や海外で鍛えてもらって、子育てや親の介護で腰を据えたくなったら帰郷してもらう。今の採用要件じゃ、地元へ帰ろうにも職がないからね。老舗の跡取りだって、よその店で修業するでしょ。それと同じよ。鮭なんか太平洋横断しても生まれた川で産卵するのに、どうして人間ができないのよ」

「魚と人間は違いますよ」無茶苦茶言ってやがる。

「うるさい。そうすれば都会は若い労働力が確保できて、地方は選りすぐりのベテランがタダで手に入る。まさにウィンウィンよ。もちろん、給料は経験給じゃなくて能力給にしないとね。ある程度の年齢になったら、新人並みの給与じゃ暮らしていけないから」

サイコは熱弁を振るう。おれは、はあとしか答えようがなかった。

「それにね。こちらも受け入れたらいいのよ。ほかの地域、それこそ東京の若者をQ県や祝華市で鍛えて帰す。送り出すばかりじゃ面白くないもの。それが、どうしてできないか。世襲政治家の地盤が崩れるからよ。若いのを地元に閉じこめて、自活できなくすれば世襲政治家に縋らざるを得なくなる。その方が都合いいでしょ、地元政治家には。ほかの地域で年齢や経験を重ねて帰ってきたら、目も肥えてるしね」

奴隷状態に置くことが重要——デコピンも似たようなことを言っていた。

「やっぱり入れさせといたらよかったわ。あんたも少しよそで鍛えてもらったら。県警では、バイ菌レベルの不良債権って呼ばれてるんだから」

「そんなこと誰も言ってませんよ！」

反論しながら思った。入れさせといたらよかった——どういう意味だろうか。

「野球やサッカーだって、海外でスキルアップして日本に貢献するでしょ。同じよ」サイコは饒舌に続ける。「今の地方に必要なのは夢。それも実力を伴った。都落ちじゃなくてね。夢や未来は地方にしかない。そんな体制づくりが必要なの」

サイコが何を言っているのか、さっぱり分からなかった。後ろから突っこんできた暴走バイクを先に行かせた。

「終身雇用が崩壊してるのに、新卒神話にしがみつく神経がどうかしてる。役所だけでなく民間も採用上限がなくなって、全国的なムーブメントになれば、就職氷河期世代も活用できるわ。あの世代は人材の宝庫だし、眠らせとくのは惜しいから。あんたもうかうかしてたら、年上の人たちに仕事奪われちゃうんじゃない？　若さと顔しか取り柄がないなんてただのゴミ、健康を害するレベルの産業廃棄物よ」

返す言葉もなく、運転に集中した。国道を右折し、田畑と住宅が混在する地域へ入る。あとはナビ任せだ。

飯沼豊の自宅は古びた木造二階建てだった。老朽化している以外、大きさその他、周囲の住宅と変わった点はない。近くに街灯は見当たらず、壁や屋根の色はよく分からなかった。

本間から得たデータを思い返していた。飯沼は県庁の臨時職員と結婚していたが、十年前に離婚している。息子が一人いて、親権は元妻が得た。家も取られたため、今は実家暮らしだ。目の前にある朽ちかけた木造は、飯沼の生家ということになる。

数年前に父親を病気で亡くし、認知症の母は施設に入っていた。そのため、現在は一人暮らしをしている。母親の介護や、息子の養育費に金がかかる。飯沼は常にぼやいているそうだ。それも、出世に取り憑かれた一因かも知れなかった。

「ここで待ってて」

言い捨てて、サイコは後部座席のドアを開けた。目的は告げられていなかった。

ここで降りるということは、飯沼と会うのだろうか。何をするつもりかは分からなかった。デコピンならついて行けというだろうが、そんなことをすればサイコから暴言の嵐に晒される。そいつはごめんだ。知恵を絞るのも疲れた。デコピンには何とか言い訳しよう。

することもなく運転席に座っていると、懐のスマートフォンが震えた。夏崎からだった。

「今いいか」

夏崎の問いに、暇してると答えた。

「デコピンさんに言われたとおり、おたくの課長を調べてみたんだけどさ。報告する前に、お前に言っておいた方がいいかと思って」

「何か分かった？」

「覚えてねえか。二十年前、我妻の私設秘書が自殺した件――」

二十年前といえば、おれはまだ小学生だった。ダンゴムシを集めるのに夢中だったころだ。政治絡みの事件など覚えているはずもない。

「当時、衆議院議員だった我妻晴資に、生見紘一っていう私設秘書がいてな――」

夏崎が説明を始めた。我妻晴資は、現職知事――晴彦の父に当たる。祝華市を中心とするQ県一区から出馬していた衆議院議員だった。閣僚経験もある。現在は七十五歳、中肉中背で息子によく似ていると評判だ。

二十年前、晴資の私設秘書だった生見紘一が自殺した。自家用車に乗ったまま、湾岸道路から海へ飛びこんだ。祝華建設からの違法献金について、自ら責任を取った形だ。生見は元々、祝華建設の営業部長だった。我妻の許に秘書として出向していた。

「よくある政治とカネさ。〝秘書が勝手にやりました〟ってヤツだ。んなわけねえのによ。で、秘密を抱えたまま追いつめられた。自殺した生見は、妻と娘を遺しててな」

端末の向こうで夏崎が続ける。おれは夜の町を眺めながら聞いていた。

「妻の旧姓が神木っていうんだよ。ちなみに、娘の名前は彩子」

おれは驚いて、固まった。その生見がサイコの父親だとしたら。我妻の秘書として、くだらない裏金の責任を取らされ命を絶った。よくあることだが、娘ならどう感じただろう。

我妻の許へ送りこんだのは祝華建設だという。先日、イワケンの社長と面会したサイコ。因縁のある相手に対して、どんな様子だったか。

社長の櫻井が仕組んだ贈収賄事案は、誤送金で片がついた。クリップごとシュレッダーに入れると、刃が傷むわよ——サイコの言葉が耳に甦る。

おれもそこまで馬鹿じゃない。あいつは証拠が処分されたことに気づいているはずだ。なぜ、サイコはあっさりと引き下がったのか。あの女はどこまで気づいて、何を考えているのか。今、飯沼の自宅を訪ねている目的は。奴は須田芹果についても調べている。おれが被害届を潰した件は、どう絡んでくるのだろう。

頭が混乱していた。脳味噌が高速で空回りしているようだ。

「おい、ロミオ。聞いてるか」

夏崎の声で我に返った。ああと返し、スマートフォンを握り直した。

「もう少し裏を取ってみるよ」デコピンは担保のないネタを嫌う。「そのうえでデコピンさんには、おれから報告する。ロミオはさ、いつもその課長といっしょにいるんだろ。

警戒した方がいいかと思ってさ。とりあえずの速報だ」

悩みのない声で電話は切られた。他人事だと思いやがって。おれは胃がよじれる思いだというのに。ふと思った。デコピンは須田芹果の調査も、夏崎に依頼していたはずだ。なぜ言及しなかったのか。スマートフォンを懐へしまい、視線を前に戻した。

フロントガラスの向こう、暗がりに人影が見えた。小柄で印象の薄い男、捜査一課長の岩立だった。課員二名も連れている。ほかに長身の男も見えた。公安課長の貞野だ。四人で何事か話しているが、当然おれには聞こえない。こちらの車に気づいた様子もなかった。お互いに離れているし、暗すぎる。

どうして、ここにあいつらが。おれは嫌な噂を思い出した。岩立は酷薄で冷淡、県警の汚れ仕事に手を染めている。デコピンのためなら、殺しも厭わないとさえ言われていた。我妻を守るため、口封じに派遣されたのなら――

どうしていいか分からない。ここから逃げ出したかった。そんなことをすれば、サイコとデコピンの双方から総攻撃に晒される。どちらにも言い訳無用となるだろう。おれはじっとしているしかなかった。

0：43

岩立たちを凝視していると、後部ドアが開いた。おれは、口から心臓が飛び出そうになった。

「何びびってんの」サイコが戻ってきていた。「肩が跳ね上がってたわよ」

「い……いや別に……」

おれは再度、前方を見た。岩立たち四人の姿は消えていた。

「……それより、どこ行ってたんですか」サイコは平然と答えた。「当たり前のこと訊くんじゃないわよ。こんな時間に、ここまで何しに来るわけ？　あんた、ほんとにバカね」

「会えたんですか」おれは訊いた。

「留守だった。一応、家の周りも見たんだけど——」

飯沼が身を隠している恐れもある。サイコは家の周囲も探ったそうだ。ドアや窓は施錠され、中からの反応もなかったという。

「じゃ、帰りますか」岩立たちのこともある。一刻も早く、ここから立ち去りたかった。

「何言ってんの」顔を歪めたサイコが、バックミラーに映っていた。「手ぶらで帰れるわけないでしょ。もう一回捜すわよ。あんたもいっしょに来て」

言うが早いか、サイコはレクサスを飛び出していた。ついて行かないと、あとで何を言われるか分かったものじゃない。おれも外へ出て、車をロックした。

光が皆無の中、サイコの背中が浮かび上がっている。ふり返った顔は鬼の形相だった。

「部下のくせに、上司のあとからついて来るんじゃないわよ。先導ぐらいしたら！」

仕方なく前に出た。飯沼宅は闇に沈んでいた。県庁の用地課長が金に困っているというのは、本当のようだ。近くで見ると、家は老朽化が激しい。開けようと触れた鉄扉は塗装が剝落し、錆が浮かんでいた。おれは、塗装の欠片と錆がついた指先を払った。

中に入ると、玄関まで三十センチ四方のコンクリートタイルが続いていた。進み始めたおれの背中に、サイコが言った。

「あんた、庭に回って。私は、玄関から庭の反対側を見てみるから」

家の左側には庭があるらしい。暗いため、洞窟の入口に見えた。それほど広い空間ではないようだ。

足を踏み入れると、目が暗がりに慣れ始めた。庭は荒れていた。横断する物干し竿は折れ曲がり、庭木は見当たらない。煉瓦で囲まれた花壇らしき場所には、雑草が生い茂っていた。出世好きの課長は、自宅の手入れを怠っているようだ。

気をつけながら進むと、足元から羽虫が舞い上がった。敷かれた砂利が剝がれ、背丈の低い草が固まって生えていた。

庭の右手には縁側があり、立っている位置から暗い居間が見えた。カーテンは開かれたままだった。

居間は八畳ほどの広さで、家具類は見当たらない。畳敷きの中央に、何かが横たわっていた。おれは目を凝らした。

横たわっているのは人間だった。間違いない。飯沼豊だ。

本間からの情報で顔は知っていた。何が起こっているのか。畳大のガラス窓に顔を近づけ、おれは中の様子を窺った。室内の暗さに、視力が調整を始める。居間の様子が分かり始めた。

飯沼はYシャツにスラックスという格好だった。外されたネクタイが、首に直接巻かれている。ネクタイに沿う形で、索痕も見えた。股間が濡れているのは失禁したためか。

——死んでる。

居間に転がっているのは、県庁用地課長——飯沼豊の死体だ。

そうとしか思えなかった。状況から判断して、飯沼自身が締めていたネクタイで絞殺された。殺しだ。

恐怖にかられ、おれはパニックに陥った。デコピンの使い走りとなり、いろいろな悪さもしてきた。警察官として、懲戒処分ものの真似をすることなどざらにあった。だが、殺人に関わったことはなかった。裏金を作って遊び惚けるくらいなら可愛いものだが、人殺しはレベルが違う。異次元の領域だ。洒落になっていない。

後戻りはできない。その程度の覚悟はあったつもりだ。実際に死体を見てしまうと、そんな思いは羽毛一片ほどの重みもなかった。

こんな状況でも腰を抜かさないなんて、おれは大した奴だ。あんたも、そう思うよな？

何とか逃げ出せないか。考えた挙句、おれはデコピンに縋った。あてにできる人間は、ほかに思いつかなかった。

「ロミオ。どこにいるんだ、お前？」

スマートフォンで連絡すると、デコピンはきつく返してきた。飯沼宅へ出かける際、サイコの目があったので報告を怠り、そのまま忘れていた。

「飯沼の家です。サイコに言われて。実は――」

おれは見たままを話した。岩立を見たことや、飯沼の死体が転がっていることなど。逃げるように庭の隅へ行き、塀を眺めながら電話していた。死体を直視し続けることはできなかった。現実逃避――ふり返ったら、死体が消えていないだろうか。そんな一縷の想いに縋るしかなかった。

「分かった」デコピンは冷静だった。「余計なこと喋るんじゃねえぞ。岩立を見たなんて誰にも言うな。死体の件は任せとけ。県警の人間を送るから、粛々と処理しろ」

向こうから電話は切られた。デコピンの平静さが気になった。やはり選挙違反に関する口封じのため、岩立に命じて飯沼を殺害――

「何か見つかった？」

背後からサイコの声がした。今度こそ、地面から全身が飛び上がった。恐怖でふり返ることもできない。声も出せなかった。驚愕したおれは挙動不審になっていた。

サイコが居間を見る。おれは、内臓すべてが口から飛び出しそうになっていた。

「誰もいないようね」

室内へ視線を向けたまま、サイコは言った。おれも庭から家の中を見た。そこに、飯沼豊の死体はなかった。

1:27

帰宅するというサイコを官舎に送り、おれは県警本部へ戻った。

おれが見たものは何だったのか。飯沼宅の居間には、ネクタイで首を絞められ股間を濡らした用地課長が横たわっていた。それは確かだ。視線を逸らしデコピンへ電話している間に、岩立や貞野たちが死体を始末したのだろうか。考えられることだった。

レクサスを公用車駐車場に入れ、おれは本部の九階へ上がった。

捜査第二課の課室内には、係長が一人残っているだけだった。

「全員帰宅していって、土光部長から指示があってな」

係長は言った。デコピンはまだ部長室に残っているそうだ。帰宅準備中の係長に、自分が課室を施錠しておくと告げた。

刑事部長室には、まだ灯りが点っていた。ノックして、デコピンの返事を待った。

「猿渡です」告げると、入っていいと言われた。

入室した途端、額に激痛が走った。今までで最悪の痛みだ。涙で霞んだ視線の先に、デコピンの姿があった。

「レベル3だ」デコピンは右手の中指を振っていた。「さすがに、このレベルじゃおれの指にも刺激が走るな」

「な、何するんですかあ」

額を押さえて、おれは抗議した。気絶しそうに痛む。頭蓋骨が割れそうだった。

「口止めの一撃だ」

「何ですか、それ」頬を涙が流れ、手の甲で拭う。

「誰にも、余計なことは言うなよ」

おれは、ふたたびパニック状態になった。デコピンの言葉は、額の激痛さえ忘れさせた。デコピンの指示により、岩立が飯沼豊を殺害したのか。選挙違反の口封じをするために。そして、死体を始末した。

真実を訊いてみたい気はした。できなかった。そんなことをすれば、おれは本当に逃げ出せなくなる。

「いいか」デコピンは部長席に戻りながら続けた。「お前はもう抜けられねえぞ。首まで泥にずっぽりだからよ」

県警本部の刑事部長室にいながら、ジャングルの底なし沼に嵌まっている気がした。おれは股間に力を入れた。小便を漏らしそうだった。

おれは抜け出せない。その実感だけがあった。

第四話「生贄と勝者」

一一月三日　金曜日　11：37

祝日――文化の日だったが、課長のサイコはじめ捜査第二課員は全員が出勤していた。県知事選が告示日を迎えたためだ。

通常ならば捜査員が各地へ飛び、選挙運動にアンテナを張る。つぶさに違反行為を見つけては、懐にしまっておく。即座に検挙することはまれだった。県知事選に限らず、どの選挙でも開票結果が出るまで待つ。収集した違反事案を活用するのは、そのあとだ。少なくとも、我が県警では。

情勢を見極め、自身の出世に活用するためだった。手柄を挙げ、敗者を叩(たた)きのめして点数稼ぎに活用するもよし。勝者に傷がつかない範囲で検挙し、権力者に貸しを作るのも、またよしだ。正義感に駆られて、勝ち馬を引きずり下ろすような真似は決してしない。何の得にもならないうえ、下手すれば自分の進退に関わってしまう。

今回、動き出す捜査員はいなかった。祝日が理由ではない。デコピンが動くなと指示していたからだ。マスコミ取材用に、表向きの数名が飛び出しただけだった。

おれは、朝から気が重かった。日々追いつめられていく気がする。眠りが浅くなり、今日は初めて送迎に寝坊してしまった。

「あんた、時間も守れないの」早速、サイコに嚙みつかれた。「犬でも、散歩の時間は間違えないわよ！」

言い返す気力もなかった。脇の歩道を、無邪気に散歩している犬が妬ましいだけだ。

「適正な選挙運動が行なわれるよう、各捜査員とも気を引き締めて――」

サイコが形だけの訓示を行ない、あらかじめ指名されていた捜査員が各地へ散った。あとは連絡要員という名目で、課内に待機している。

選挙違反取締本部となっている捜査第二課内には、地元メディアのカメラが入った。大幅な遅刻だけは免れ、取材時刻には間に合った。

「場が温まってきたわね」

カメラが去ったあと、サイコは課長席で呟いた。ライブで、前座に出たバンドの感想でも述べているみたいだった。気楽なもんだ。

新人候補――小坂皐月は派手に出陣式を行ない、その様子はＴＶでも放映されていた。逆に、現職――我妻晴彦サイドには動きがなかった。通常なら叙勲伝達後、すぐに選挙活動を行なえるよう準備を進めているはずだった。

県庁では一三時三〇分から、秋の勲章及び褒章の伝達式が開催される。かなり大がかりで、格式高いイベントだ。祝日にもかかわらず、多くの県庁職員に動員がかけられていた。総合福祉課の本間も、その一人だ。直接には関係しない部署のため、駐車場係を仰せつかっていると聞かされていた。「やっぱ、今回は特別会議室使ってないよ」先刻、本間から連絡があった。「普通なら全部の会議室を使うからね」

叙勲伝達は、県庁を挙げて行なう。庁舎中を大掃除し、廊下に積み上げてある荷物類も片づけさせられる。会議室もすべて使用する。特別会議室も例外ではない。

特別会議室には、現職知事の後援会名簿が山と積まれている。県庁職員が親族経由で集めた代物で、職員自身が集計作業を行なっていた。予定では本日までに目処をつけ、名簿等の資料を別の倉庫などへ移動していたはずだった。

問題の会議室は現在、開かずの間と化していた。祝華日報の元記者――茅島桃子が入口にテープを貼ったからだ。ドアを開ければ、テープが剝がれてしまう。職員など何者かが中に入れば分かる形だった。

マスコミとはいえ、部外者が貼ったものだ。庁舎管理者には剝がす権利がある。だが、下手に除去すれば、却って大騒ぎとなるだろう。鍵を渡さなければ、茅島も静観するしかない。

告示日まで、祝華市では騒々しい日々が続いていた。一〇月二〇日金曜日の騒動が、尾を引いていた。

茅島が県庁内で行なった突撃取材は、〝祝華の夜凸〟と呼ばれ始めた。地元はもちろん全国規模でも話題となっている。主にネットが中心で、〝夜凸〟と命名したのもネット民だった。

　これからどうなるのか。おれにはまったく予想がつかなかった。どうしたらいいのか、誰につくべきか。頭を抱え、日々が過ぎるに任せていた。

一〇月二一日　土曜日　～　二三日　月曜日

〝祝華の夜凸〟から明けて土曜日、県庁は閉庁日を盾に取った。すべての扉を閉め、元記者の茅島はもちろん誰も入れないようにロックアウトした。

　普段の県庁は、深夜残業や休日出勤も当たり前のブラックさだ。今回は全職員に対し、土日は出勤しないよう徹底した。総務課や秘書課その他、善後策を検討する部署だけが秘密裡に集合していたそうだ。それも灯りを外に漏らさないなど、徹底した対策が取られていた。

　翌日曜も、同様の対応で逃げ切った。だが、月曜から騒動は再燃した。

　いくら県知事――我妻晴彦の権力が強固でも、平日まで県庁を閉鎖し続けることはできない。そこまで横暴な真似は控えるだろう。ただでさえ、〝夜凸〟の話題は県内に蔓延しつつある。選挙前のイメージダウンは避けたいはずだ。

「特別会議室内を取材させてください」

月曜の開庁と同時に、祝華日報元記者の茅島は県庁総務課に迫った。背後では祝華放送の近藤汐里がカメラを構え、県庁の対応を撮影していた。

「申し訳ございません。特別会議室は天井が剝落しておりまして」

対応は総務課長補佐が行なった。県警も同じだが、マスコミ対応は補佐級以上の職員が行なう。そういう内規があるからだ。

「非常に危険な状態でして。職員にも使用しないよう周知し、施錠を徹底しております。安全性の面から取材等もお断りしておりますので――」

会議室内で、県庁職員が取りまとめていた後援会名簿。あの脱出状況では整理する余裕はなかっただろう。むき出しのまま放置されているはずだ。今の状況で室内を見せれば、公職選挙法及び地方公務員法に抵触する証拠となる。

デコピンによると、土日に特別会議室内の名簿を移動する案も検討されたらしい。だが、県庁職員は五千人に近く、全員が体制寄りでもない。実際、職員組合が動き始めたとの話もある。どこから情報が漏れるか分からなかった。常に警戒する必要があった。

幸い、現在の特別会議室は一種の金庫と化している。下手な場所に移して発見されるより、現状を維持した方が安全だ。そう判断された。

県庁総務課では、茅島と課長補佐の押し問答に午前中が費やされた。様々な取材方法を提示する取材側と、安全性を盾に固辞する県庁サイド。その様子は近藤によって撮影され、ネットを通じて全世界へ配信された。

そのあと総務課を出た茅島は、特別会議室のドアにテープを貼った。開けてもらえないなら、勝手に開けさせないようにする。お互いが手詰まりとなりつつあった。

知事の我妻は顔を見せなくなっていた。定例会見も、公務多忙を理由に拒否した。本間によると、最低限の公務だけこなし自宅に引きこもっているという。

さすがの茅島も手を出しかねているようだ。知事へ直接アタックするには証拠が足りない。まずは会議室を開けさせるか、関係者の証言を取る必要があった。

「大熊県議。コメントをお願いします。いらっしゃるんでしょう」

茅島は、逃亡した県議の大熊英俊にも取材を申しこんだ。自宅への突撃だった。

大熊家は昔、庄屋（しょうや）だったという。邸宅は、古めかしく重厚な木造の門扉が豪農を思わせる造りだ。そのインターフォンを茅島は何度も押し、近藤がカメラに収めていく。

「県議は取材に応じようとしません。一体どういうことでしょうか」

向き直った茅島が真剣な表情で告げる。背後で城のような扉が開いた。

「すみません。主人は先日から風邪をこじらせてしまい、高熱を出しておりまして――」

堪（たま）りかねたか、大熊の妻が対応に出てきた。この様子もすべて配信されている。

「都合が悪くなれば、老害政治家は奥に引っこむ」

背中からサイコの声がした。いつの間にか、うしろに回りこまれていた。茅島の動向を探れとはデコピンの指示だが、サイコにパソコンでの情報収集も命じられていた。

おれはパソコンから顔を上げ、ふり返った。サイコは面白くもなさそうに、ディスプレイに視線を向けていた。誰かを見下しているような表情にも見えた。

「日本の政治家ならではね。緊急時ほどマスコミ等に顔を出す、それが民主国家の基本じゃない。アメリカの大統領とか見てれば分かるでしょ。この国じゃ、まずい状況ほど雲隠れしたがる。特に年寄りはね。若手は、コロナ禍や東日本大震災時でもカメラの前に立ち続けたけど。年寄りは皆、どっかへ消えちゃってた。これから変わってくれればいいんだけど」

何を言っているのかよく分からない。はあとだけ返しておいた。

茅島は、用地課長の飯沼豊宅も訪問した。こちらは本当に誰もいないようだった。

飯沼はどこへ消えたのか。今どうしているのだろう。おれの不安は高まる一方だった。

一〇月二四日　火曜日

県警本部と県下各署に選挙違反取締本部が設置された。早々に茅島がねじこんできた。

近藤もカメラを構えている。県庁と同じく、対応は捜査第二課長補佐が行なった。

「先週末に県庁から配信した動画は、ご覧になっているかと思うのですが」

「ええ。本当に遅くまでお疲れ様でございました」

課長補佐は、陰で〝どじょう〟と呼ばれている男だった。大して有能ではないが、のらりくらりとつかみどころがない。こういう対応には最適だろう。彼の一存ではない。

あらかじめ下されていたデコピンの命に従っているだけだ。

無視しろ。デコピンの指示は簡潔だった。サイコにも動きはなかった。課長の出る幕ではないと考えているのか、規定どおりマスコミ対応は課長補佐に任せている。

「県庁内で、組織ぐるみの選挙違反が行なわれているんですよ！」

「はあ。そうはおっしゃいますが、証拠がございませんことには――」

まともな返答をしない人間が相手では、次第に言葉が感情的となる。県庁の会議室内で、県庁職員が選挙活動を行なっていた。個人の意思ではない。知事の指示による可能性が高い。茅島の声は徐々に大きくなっていった。

「警察の捜査ということになりますと」

課長補佐の対応に変化はない。粛々と言葉を返していく。

「確たる証拠もなく、庁舎管理者の了解もなしに、開錠させることはできませんので」

丁寧で弱々しい口調だが、一歩も引いていない。デコピンから言われたとおりに告げているだけだったが。

「分かりました」茅島は憤慨していた。「証拠があればいいんですね」

「何とも申し訳ございません。県警といたしましても、選挙違反に関しましては、厳正な対応を行なってまいりますので――」

最後まで聞かずに、茅島と近藤は捜査第二課をあとにした。

現時点において、〝夜凸〟の件で動いているのは茅島たちだけだった。地元メディア

――祝華日報や祝華放送は、報道する気配さえ見せていない。

茅島たちはネットをフルに活用した。県警の対応状況を撮影した動画も配信された。徐々に全国的な注目を集め始めている。中でも人気なのは、金曜深夜に撮影された県庁内の映像だ。百万回を超える再生が行なわれた。全国的に話題が広がっているため、中央のマスコミが注目し始めたという噂も聞こえていた。

茅島が帰ったあと、庁内LAN経由でメールが届いていることに気づいた。サイコからだ。タイトルはなく、本文に〝確認しなさい〟とだけある。添付ファイルも「リスト」とし か書かれていない。

さすがにウイルスは仕込まれていないだろう。おれは添付ファイルを開いた。

タイトルが目に飛びこんできた――〝猿渡朗希くん愛の遍歴〟。目を点にしながら、マウスでスクロールした。表計算ソフトで作成されているらしい。人名と時期が整理されて、丁寧に並んでいる。

考えるまでもなかった。おれが今までに付き合ってきた女の名前と、その期間だった。五十人を超えているのは、我ながら驚いた。今まで、ろくに数えたこともなかったからだ。

それは問題ではない。サイコの奴、何やってやがる。茅島の対応を課長補佐に任せて、自分はこんなもの作っていたとは。暇なのか。

いや、そこも問題ではない。サイコが、どうやっておれの女性遍歴を調べ上げたか。

考えるべきは、その点だ。何を思って、こんな物を作成したんだろう。不思議以上に不気味だった。大体、何を確認しろというのか。間違ってはいないみたいだけど。

おれは、課長席に視線を向けた。サイコと視線が合った。左目でウィンクして見せ、面白くもなさそうに鼻で嗤われた。何を考えているのかは、さっぱり分からない。

嘆息を堪え、おれは目を落とした。頭を抱えたい気分だった。悩みが雪だるま式に増えていく。須田芹果の件に、贈収賄偽造の証拠を潰したこと。そこに、県庁用地課長の飯沼豊が加わった。奴は殺されたのか。なら、死体はどこへ消えたのだろう。

「あれから、用地課長の飯沼どうしてる？」

おれは本間に連絡した。飯沼の死体を見た件は、告げずに訊いた。

「何か無断欠勤してるって」

本間は意識的に情報を収集している。〝夜凸〟のあとならなおさらだろう。

「用地課でも連絡がつかずに困ってるみたい。まあ、あんなことがあったあとだからね。職場に出てこられないんじゃない？　本人が出勤しようとしても、上が止めるだろうし。それこそ茅島に突撃取材でもされたら、えらいことになるじゃん」

確かにそうだ。県議の大熊同様、飯沼も顔を出せる状況にはない。それも生きていればの話だ。すでに殺され、死体が処分されているならば――

飯沼について、デコピンは何も語ろうとしない。裏金など小さな悪事でも、行なうならば細かく気を配る必要がある。殺人ともなれば超極秘事項だ。関係する人間は最小限とするだろう。おれみたいな下っ端が、しゃしゃり出る余地はなかった。

自分の席に座ったまま、おれはサイコの様子を窺った。さっきの異常なファイルを除いては〝夜凸〟以来、特に動きはなかった。朝夕に送り迎えしては、その日に思いついた嫌味や罵詈雑言を吐かれるだけだ。

「あんたも受賞できるわよ」

今日の出勤時、カーラジオからノーベル賞の話題が流れていた。

「どうせ家で鏡に自分の顔映しながら、〝おれ、かっこいい〟とか言ってんでしょ。キモいナルシストとしてはノーベル賞ものよ」

「そ、そんなことしてませんよ――」

どうして知っているのか。盗聴か盗撮でもされているのだろうか。もう誰も信用できない。そんな気分になった。

最近よく眠れない。真剣に心療内科でも受診しようかと考えているが、できるはずもなかった。悩みや不安は山積しているものの、どれも他人に話せないことばかりだった。いくら医者に守秘義務があっても、法に触れるなら話は別だ。ひとり耐え続けるしかない。

朝、鏡を見るのも億劫になってきた。おれの美しい顔はひどく蒼ざめ、精彩に欠けていた。目の下には隈もできている。日々おれという最高の芸術作品が、劣化していくのが耐えられなかった。サイコからも言われた。

「あんた、最近暗いわね。顔色もすぐれないし」

はあと答えた。平然としているサイコが憎らしかった。

「しっかりしなさい。顔までダメになったら、あんたなんか日本国籍を剝奪されるわよ」

おれは顔がなかったら、日本人でさえいられないのか。おれは一体、何なんだ。

デコピンも動こうとしていない。おれは不安に駆られていた。何かと理由をつけては連絡し、部長室にも行っている。これからどうするか訊いた。

「いいから休んでろ。仕事ができたら声かける。それまで、サイコや茅島の情報収集でもしてろ。また忙しくなるからよ」

はあと答え、大丈夫なのか問う。

「心配すんな」デコピンは答えた。「タイミングを待ってるだけだからよ」

今も、パソコンで情報を集めているだけだ。ほかの捜査員も同様だった。通常なら選挙違反取締本部設置後は県内に散り、選挙運動に目を光らせているところだろう。派手に動くな──デコピンの命令を全員が守っていた。ほとんどの捜査員が課室にこもり、暇を持て余している。室内は、通夜のように静まり返っていた。

ネットで、〝祝華の夜凸〟に関する世間の反応を窺った。祝華市はじめ県内はもちろん、全国規模で盛り上がり続けていた。知事や県庁には逆風が吹き始めている。選挙違反疑惑に対して、説明を求める声が多く書きこまれていた。祝華日報や祝華放送など、地元メディアが動かないことへの批判も見られた。それは、県警に対しても同様だった。

サイコはどうするつもりか。デコピンは何を待っているのか。おれは頭を抱えたまま、機械的にマウスをクリックするだけだった。

一一月一日　水曜日　9：01

「これを待ってたんだ」

刑事部長室内。デコピンは手を叩いて喜んでいた。

何が嬉しいのか。おれにはさっぱり分からなかった。デコピンは続けた。

「ついに来たぞ。このときが」

全国紙やTVのキー局など中央メディアが、〝祝華の夜凸〟の取材に来県し始めた。捜査第二課員から報告が上がっていた。

秘書が淹れたコーヒーに、デコピンはコニャックを垂らした。いつもより多めに見えた。カップを鼻先に上げ、顔を左右に振る。匂いを嗅いでいるらしい。

「ああ」刑事部長は、恍惚の表情を浮かべた。「勝利の香りがするぜ」

意味が分からなかった。中央メディアが報道すれば、〝夜凸〟への注目度も高まる。我妻や県庁に対する批判は増し、知事選にも大きく影響するだろう。心配や悲しみこそすれ、喜ぶ局面ではないはずだ。

「今夜は、支援団体の会合があるからよ」

デコピンは言う。特別養子縁組の支援団体だ。メンバーが集まって打合せをするという。

「安心して出かけられるぜ。活動にも力が入るってもんだ」

おれは捜査第二課へ戻った。課長席にはサイコがいた。パソコンを起ち上げ、無表情に作業を進めている。

「課長」近づいて声をかけた。「全国メディアが県庁の件、取材に来てるみたいですけど」

サイコの反応を窺いたかった。不安で精神状態が安定していないからだろう。

「ふーん」興味なさそうに返された。「まあ、あれだけ揉めたらね。今、全国的にもそう大きいニュースはないし。中央もネタ探してるんでしょ。いいんじゃない、知事選宣伝してもらえば。最近、選挙に行かない人増えたからね。選挙違反担当してる立場としても、投票率は高いに越したことないし。それで、県民が興味持ってくれたら万々歳よ」

そんなものかも知れない。おれは自席に座った。

「あんた、投票はどうするの？」

サイコが訊いてきた。選挙違反を担当していながら、棄権はいただけない。必ず投票するよう、課長補佐から指示されたばかりだ。投票日は忙しいので、期日前投票する奴が多い。おれもその予定だ。そう答えた。サイコが鼻を鳴らした。

「どうせ、国民全員にマイナカード作らせるんなら、ネット投票機能をつければいいのに。どこでも気楽に参加できるんだから、その方が投票率も上がるわよ。　保険証なくすより、よっぽど国民のためになるわ」

よく分からないが、確かに手間は省ける。サイコは続けて吐き捨てた。

「ま、投票率上がったら困る連中がいるんでしょうけどね、この国には」

一月三日　金曜日　12：00

捜査第二課員はTVに釘づけとなっていた。皆、昼食そっちのけだ。正午からのワイドショーで、祝華市のニュースが報道されたからだ。全国ネットだった。県庁の選挙違反関係ではなかった。

祝華市長の平川克也が、十九歳の女性と酒席をともにしたと報じていた。女は匿名で、市長から誘われたと話しているそうだ。

スタジオでは司会の女性アナウンサーが、コメンテーターに発言を求めていた。

「けしからんですねえ、まったく」

六十代のコメンテーターは、苦虫を嚙みつぶした顔で話した。

「公職、それも市長ともあろう者がこのような真似を。事実なら言語道断ですよ」

映像が、平川の顔写真に切り替わった。

「これ、まずくねえか」TVを観ていた係長が呟く。

おれも同意見だった。TVで女性アナウンサーが告げる。

「それでは、祝華市から伝えていただきましょう——」

司会が名前を呼ぶと、マイクを持った男性アナウンサーが映った。祝華市役所の前にいるようだ。ほかにも報道陣が集まっている。

「市長の平川克也氏は、祝華市出身の四十七歳——」

男性アナウンサーが、市長の人となりを語り始めた。顔写真も画面に出た。

平川は市長就任前から、地元では有名人だった。高校卒業後に上京。ミュージシャンとして活動を始めたが、ブレイクにまでは至らなかった。

組んでいたバンドを活動休止にし、平川は祝華市へ戻った。FM局の音楽番組を中心に、DJ等の活動を始めた。元々、歌より喋りの方が得意だったらしい。下ネタ交じりの歯に衣着せぬトークは、地元中心に人気を集めていった。

その知名度から、地元政界の推薦を受け市長選に出馬。圧倒的な得票数で当選した。

男性アナウンサーが続ける。

「——平川市長が参加していた酒席は、音楽活動時代の仲間が集まった私的な会合だったということです。市長の誘いにより同席したAさん十九歳ですが、昼は専門学校に通い、夜は飲食店でアルバイトを——」

今回の件が取り上げられている背景には、平川の政策も関係していた。就任当初から教育問題には熱心だったが、中でも成人年齢引き下げに伴う十八歳以上二十歳未満の保護を訴えてきた。特に、飲酒や喫煙に関して注視する必要がある。そう言っていた張本人が、十九歳の女を酒宴に誘った。自身の主張と反する行為に、非難の声が上がっている形だった。

「平川市長ですが、本日は体調不良を理由に登庁していないとのことです」

男性アナウンサーが告げ、映像が平川の自宅マンション前に切り替わった。やはり取材陣が張りこんでいる。〝祝華の夜凸〟とは違い、地元メディアの姿も窺える。市長が出てくる気配はない。

「えらいことになりましたね」

リモコンでザッピングしながら、課長補佐が課長に向けて言った。他局の報道も大差なかった。ほとんどの課員が立ち上がっていたが、サイコは課長席に座ったままだ。特に関心もなさそうな様子だった。

「まあ、あの齢で独身なら」サイコが言う。確か平川は独身だ。「たまには若い娘と、ご飯ぐらい食べたくなるでしょ。知らんけど。別にいいんじゃない、その娘に酒呑ませたかどうかも分かんないし」

それだけ言って、サイコは視線を自席に落とした。気楽なもんだ。

同時に懐でスマートフォンが震えた。デコピンだった。

13：12

おれは刑事部長室へ向かった。デコピンに呼ばれたからだ。

「ロミオ、こっちに来いよ」正午すぎに、デコピンから告げられていた。「今すぐじゃないぞ。昼飯食ってるから。一三時すぎにしてくれ。なるべく、ゆっくりな。お前もランチタイムは大事にしろよ」

明るい口調だった。おれは言われたとおりにした。

部屋へ入ると同時に、デコピンから訊かれた。観ましたと答えた。

「ニュースかワイドショー、観たか」

デコピンは、得意気に満面の笑みを浮かべた。手にしたカップからは、コーヒーに混じってコニャックの香りがする。何かの祝杯だろうか、タイミングが違う。普段は朝と一五時に呑んでいる。

「見事な仕上がりだったろ」

「絶妙なタイミングだったぜ。これを待ってたのさ」

デコピンが待っていたのは、全国メディアの来県だった。茅島や近藤は、〝夜凸〟関連動画をネット配信し続けていた。この話題がバズれば、中央の報道機関も注意を向けてくる。取材にも訪れるだろう。そう読んでいたという。

「市長のスキャンダルはな、おれが仕組んだんだよ」

デコピンはコニャック入りコーヒーを啜った。上機嫌だった。

「全国メディアに市長のネタ流したのも、おれだよ。中央のマスコミが到着するのを待って、派手に火を点けてやったのさ」

情報の伝達ルートには、細心の注意を払ったそうだ。十九歳の娘が、市長と酒席をともにした事実はない。専門学校生自体は実在する。夜は飲食店、つまりキャバクラでバイトもしている。そこをデコピンがスカウトした。因果は含めてあるらしく、いずれマスコミの前にも登場させるという。名前は教えてもらえなかった。

「平川は、知事様の子飼いだからよ」

県知事——我妻晴彦と平川の出会いは、数年前にさかのぼる。毎週金曜日の夜、地元ラジオ局に我妻をメインパーソナリティとする番組がある。県知事と地元著名人が地域の未来を語り合う、権力におもねった提灯企画だ。

その番組に平川が出演した。なぜか二人は意気投合した。県主催イベントに平川は重用され、平川のラジオ番組に我妻も登場した。そうして二人は交流を深めていった。

二年前、我妻一族のバックアップを受け、平川は市長選に出馬した。代々、県庁と祝華市の仲は良好ではなかった。そこで、我妻一族の言うことなら何でも聞く市長を擁立したかったと噂されている。実際、〝市長は知事の弟分〟と市内では揶揄されていた。祝華市役所は知事の言いなりとなり、県庁の出先機関と馬鹿にされる体たらくだ。

国と県及び市町村は、立場の違いこそあれ関係は対等だ。国や県が言っているからといって、市町村が必ず従う必要はない。上級官庁による指導でも地方の実情とそぐわなければ、違法でない限り無視できる。その点からも、Q県と祝華市の蜜月関係は異様だった。地方公共団体同士のバカップルじゃねえかと、以前デコピンは嗤っていた。

それゆえだろう。平川は、我妻に大変な恩義を感じていると評判だった。

「知事様に拾っていただかなければ、僕は売れないミュージシャン崩れ。田舎でくすぶる三流ＤＪで終わっていた。あのお方には感謝してもし切れない」

市役所内や政官財界の集まりなどで、ことあるごとに語っているという。

「まるで生贄じゃないですか」

「そうだよ」おれが問うと、デコピンはカップをデスクに置いた。「いい策略だと思うぜ、我ながら。どいつもこいつも簡単に喰いついてきやがった。この国の連中は関心を持たなきゃいけねえ事柄には無関心で、気にしなくていいことにはお節介だからよ」

「とはいえ、市長もよくこんな役目引き受けましたね」

「それだけ心酔してるってことだろ。ああいう純粋なバカは使い勝手がいいぜ。だが知事様にとっても、手塩にかけたリモコン操作可能な市長だ。潰すわけにはいかねえ。だから、スキャンダルも尾を引かないレベルに調整してある。酔わせてヤっちまったとかになると、さすがに進退問題まで発展しちまう。これくらいなら素直に認めて謝罪すれば、いずれ忘れ去られるさ。喉元過ぎれば熱さを忘れるのは、日本国民最大の長所だからな」

「はあ」そんなもんだろうか。

「これで、知事選への関心も薄れる。投票率も下がって、知事様の勝利は確定だろう」

「それ、サイコも言ってたんですけど。どういう意味ですか」

「はあ？」デコピンが顔を歪める。「お前は、ほんと顔だけだな。いいか。投票率が低いってことは、選挙に対する県民の関心が低く、行かない奴が増えるってことだ。選挙へ行くのは組織票として固められた保守層のみに限られ、知事様の勝利は確定だろう。もし、投票率が高くなってみろ。気まぐれな浮動票が増えて、対立候補の得票数が増える可能性も高まっちまう。要らない票はあらかじめ排除しておくのも、選挙テクニックの一つさ」

おれは、はあと答えた。分かったような気もする。デコピンは話題を変えた。

「それよりサイコはどうしてる？　二課の反応は」

おれは見たままを話した。二課員は皆注目しているが、サイコは興味がないようだ。

「そうか」デコピンはうなずいた。「引き続き、サイコや二課の動きを見張ってろ。情報収集も手を抜かずにな。しっかりお勉強するんだぞ、ロミオ」

一一月四日　土曜日

おれは自宅アパートで、ＴＶを観て過ごしていた。

「ほかの課員にも補佐から伝えてもらったんだけど。あんたいなかったから」

昨日の夕刻、官舎へ送る途中でサイコが言った。おれが不在にしていたというのは、デコピンに呼ばれて部長室へ行っていたタイミングだろう。

「土日はゆっくり休んで。私も出勤しないから。せっかくの三連休初日に、全員出勤させられて可哀そうに。この分じゃ選挙戦も大した動きはないだろうし。仕事に出たって、何の収穫もないでしょ。家でＴＶでも観てた方がましよ。ま、元々あんたは出勤してもしなくてもいっしょだけど」

「そんな。人を空気みたいに言わないでくださいよ」

「バカじゃない、あんた」サイコが激昂した。「空気は生きていくのに必要でしょ。あんたなんか吸いこんだら、肺が腐るわよ！」

そんなアニメがあったな。そこで、上司の言いつけどおりにしているわけだ。とはいえバカげたお笑い番組や、ネットのエロ動画を鑑賞する気分でもなかった。リモコンを手に、祝華放送などのローカル番組や全国ネットをザッピングしていた。ＴＶが安っぽいドラマなどに変わったら、ネットの反応を見た。週明けに備えて、情報収集しておく必要があった。

祝華市はじめ県内の話題は、〝祝華の夜凸〟から祝華市長の疑惑に移っていた。地元はもちろん、全国レベルでも派手な報道がなされている。平川克也は雲隠れしたまま、マスコミの前には現れようともしない。報道の内容も、憶測の域を出ないものばかりだった。

土曜もそうだが翌日曜も、おれは途中で寝落ちしていた。

一一月六日　月曜日　13：00

捜査第二課員は全員、課室のTV前に陣取っていた。一三時から、祝華市長が市役所内で記者会見を開く——朝に情報が入った。

会見には、市役所の中規模な会議室を使っていた。多くの記者やTVカメラが集まる中、前方から平川克也が姿を見せた。隣には六十代の助役を引き連れている。

平川は中背だが、スポーツマンタイプで体格がいい。ミュージシャンやDJより、体育会系の方が似合う。元は長い金髪だったが、今は黒く短めにしている。顔立ちも彫りが深く、整っていた。芸能人だったためか、髪型やファッションのセンスはいいと評判だ。今日着ている青系統のスーツも落ち着いた色合いだった。

記者会見は、幹事社の祝華日報が仕切っている。最初に質問したのも同社だ。

「市長。単刀直入にお伺いします。現在報じられている疑惑は事実なのでしょうか」

「はい。ほぼ報じられているとおりであります」

マイクを握った平川は素直に認めた。会見場内にどよめきが起こった。

「大変申し訳ございませんでした」市長は立ち上がり、深々と頭を下げた。

今度は、祝華放送が手を挙げた。日時や場所、参加者の内訳など事実関係を確認していく。事前にデコピンからレクを受けているのか、平川はよどみなく答えていった。

「辞任するお考えはございますか」

何社かの質問に続いて、全国ネットのTV局が訊いた。口調に悪意が感じられた。

「現時点では、職を辞する考えはございません」

記者たちが、口々に何かを述べ始めた。質問は挙手のうえお願いしたいと、幹事社がクレームをつける。

その後も質問は続いたが、回答が徐々に荒れていった。口調は丁寧だが、中身がない。マスコミがもっとも嫌がる対応だ。はぐらかすような受け答えが増えていく。

「その女性とは、どういったご関係なのでしょう？」全国紙の女性記者が質問した。

「単に宴席をともにしただけです」

宴席の日時や場所など、平川は詳細を説明した。細かい点について質問が相次いだ。答えたあと、市長は薄く嗤ったように見えた。記者たちからブーイングに似た反応が起こる。十五分ほどが経過し、助役がマイクを握った。

「申し訳ございませんが、このあと公務がございまして。勝手ながら、会見はここまでとさせていただきます」

平川と助役が立ち上がり、大きく一礼した。記者からの相次ぐ質問を遮るように、急いで会場をあとにした。

質問に対する受け答えといい、何かと火に油を注ぐような内容だった。マスコミ慣れしている平川らしくない。デコピンの指示だろうか。あえてマスコミに悪い印象を与え、スキャンダルを炎上させ続けようとした。〝祝華の夜凸〟——我妻晴彦の醜聞から、世間の目を背けさせるために。ならば一定の効果はあったことになる。

それから三日が過ぎた。

マスコミは執拗に市長を追いかけていたが、平川が新たなコメントを発することはなかった。世間では、辞任を求める声が日増しに高まっていた。マスコミ報道はもちろん、ネットや新聞などの投稿でも袋叩きにされている状態だ。世間の関心は〝祝華の夜凸〟から、祝華市長のスキャンダルへと完全に移行した形だった。

自身の醜聞は闇に葬り去られた。そう安心したか、入れ違いに我妻の勢力は本格的な選挙運動を開始した。大々的な出陣式を行ない、知事は公務そっちのけで街頭演説を始めた。選挙カーは、我妻の名を大音量で連呼し続けている。

翻って〝魔女のおばさん〟こと小坂皐月陣営の選挙運動は、派手だが静かという奇妙なものだった。現職よりはるかに鮮やかな選挙カーを走らせていたが、名前を連呼することはなかった。魔女本人と運動員が手を振っているだけだ。興味があるなら検索してくれということだろう。車上の明るい看板には、大きくキーワードやアドレスが書いてある。

小坂は精力的に県民と言葉を交わし、握手を行なった。街頭にも立つが、すべて肉声だ。拡声器等は使用しない。通学路を清掃していたころから、子どもたちに交通安全を訴えてきたためか声はよく通る。それでも我妻陣営よりは、はるかに静かだ。新人のくせに横綱相撲を取っている。そんな印象だった。

「あれでいいのよ」

ある夕方。レクサスで送る途中、小坂の選挙カーとすれ違った。サイコは言った。

「私、うるさい選挙カー大っ嫌い。大音量で候補者の名前聞くと、投票する気が失せる。頭痛がするし、落選すればいいのにと思う。ただ名前を書いた車が走るだけなら、赤ちゃんの育児にも支障ないし、夜勤の方もゆっくり休める。県民にやさしい選挙運動よ。あんなもんでバカ騒ぎする暇があったら、握手の一つでもして回った方が票になる。この人知ってるって感じになって、投票所でも名前書いてくれるでしょ。よっぽど効果的」

この間、サイコに特別な動きはなかった。課長席に座り、決裁処理などを粛々と行なっているだけだった。何を考えているのか、おれに読めるはずもない。

一一月九日　木曜日　13：09

「猿渡くん、いっしょに来て」

サイコはおれに声をかけてきた。何か動きを見せるようだ。反射的に訊いた。

「いらない。市役所に行くだけだから」

県警本部と祝華市役所は、五百メートルと離れていない。徒歩の方が早かった。市役所の駐車場は地下と立体二種類とも狭く、駐めるのが面倒だ。車を出さずに済むのはありがたい。

参考人等を訪ねる場合、捜査員は複数で動く。揉め事が持ち上がった際、言った言わないなど水掛け論になるのを防ぐ目的だ。サイコがおれを誘ったのもそのためだろう。

「何しに行くんですか」

「市長に会おうと思って」

おれとサイコは、歩いて市役所へ向かった。秋晴れの日だった。薄い雲と青い空がコントラストをなしている。街路樹も色づき始めていた。

「かなり涼しくなってきたわね」県道沿いを歩きながら、サイコが呟いた。

「秋ですからね」おれは愛想笑いを浮かべた。

「あんたとツーショットで、寒気がしてるだけかもね」

送迎の車内と違い、通行人の目がある。罵詈雑言を浴びずに済むだろう。そう思っていたが、考えが甘かった。

「市長さんに面会したいんですが」

「車、回しますか」

受付への申し出はサイコが行なった。ヒラがするより効果的と思ったのだろう。それとも市長ほどの名士は課長対応と考えたか。おれも顎で使われるよりはいい。お目通りかなわず、無能呼ばわりされるのもうんざりだった。

平川は登庁しているようだ。一般市民は当然として、マスコミもシャットアウトしているらしい。受付の女が内線で連絡している。秘書課経由で確認を取っていると思われた。

「市長がお会いするそうです」受話器を置き、受付が答えた。

任意の面会申しこみだから、断られても仕方がない。県警の威光か、捜査第二課長の肩書にびびったのか。何にせよ、警察を追い返す度胸は市長にもないようだった。

「よかったですね」背後から、おれはサイコに言った。

「元がミュージシャンやＤＪなら、政治的後ろ盾は我妻一族しかないからね。公権力を近づけないためには、彼らに縋るしかないけど知事も選挙で忙しいし。遠慮したのか、かえって面倒だと思ったのかは知らないけど。私に会わないって選択肢は、市長にはないわよ」

最初から勝算があったということか、サイコは面白くもなさそうに答えた。受付から出てきた女の先導で、奥のエレベーターへと向かった。

市長室及び秘書課は市役所の三階にある。最上階に陣取れば市内が一望できるし、祝華城の天守閣も目の前に来る。さすがに市民の反感を買うと、平川はじめ歴代市長も考えたのだろう。最上階は開放された展望台と、一般人もよく使う大会議室となっている。引継ぎが済んだらしく、おれとサイコは中年に案内され、市長室へ向かった。

秘書課の中で待たされた。管理職だろうか、中年の男に受付が話しかけている。

中年がインターフォンで話し、ドアを開く。市長の了解が取れたようだ。

市長室は暗く古びていた。昼間でも灯りがなければ、作業できないだろう。毛羽立った絨毯の奥に、重々しい木製の机があった。使い易さは重視せず、部屋全体が格式で訪問者を威圧している。前近代的な雰囲気は、昭和の校長室を思わせる。デスク上のパソコンだけが現代を感じさせた。

祝華市は市民も含め保守色が強く、お世辞にも進歩的とは言えない。市長室にも、その気風が染みついていた。

デスクの奥、パソコンの向こうで男が立ち上がった。祝華市長――平川克也だ。

上着は脱ぎ、Yシャツとネクタイ姿になっていた。中央のソファへ近づいてくる。

平川は、にこやかに対応していた。元芸能人だ。基本、愛想はいいと評判だった。先日の記者会見は謝罪の意味もあったため、神妙な顔をしていたようだ。途中で見せた、記者を挑発するような笑みを除いては。

サイコが名乗り名刺交換した。おれも倣った。平川は警察官に挨拶しているというより、ファンにサインでもしているような態度だった。声は大きく澄んでいて、よく通った。滑舌も良く、喋り慣れていることが伝わってくる。この分なら、サイコの尋問でぼろを出す心配はないだろう。

どうぞと勧められたので、サイコから先に腰を下ろした。ソファだけは意外と新しいことに気づいた。以前の物は老朽化し、買い替えたのかも知れない。

秘書だろうか、女が入ってきた。台の上に湯呑みを並べていく。古風にも茶托に載り、蓋まで被せられている。勧められて飲むと、緑茶だった。葉が高級かまでは分からない。

「さて」微笑を浮かべ、市長が向き直る。「本日は、どういったご用件でしょうか」

「先日から、市内を騒がせている話題です」サイコにしては遠慮がちな言い回しだ。

「やはり、あの件ですか」照れ臭そうに平川は頭を掻いた。「非常に軽率だったと反省しています。私が提唱してきた若者保護の政策にも反しますしね。申し訳なく思っているところですよ。県警の二課さんにまで、ご心配いただくとは大変恐縮です」

十九歳の女と酒席をともにした。道義には反しても、違法ではない。県警が口を出す事柄には思えなかった。サイコに、市長へ面談を申しこむ理由はないはずだ。

デコピンの策略に気づいているなら、話は別だが――

「直接には、我々の所管業務と関係はございませんが」サイコは言った。「県知事選が告示を迎え、両陣営の運動や期日前投票も始まっています。そうした状況下において、県都の市長さんが、失礼な言い方ですが、よからぬ話題で持ち切りになっている。選挙が適正に実施されるよう、二課長として直接にお話を伺うべきだと考えました」

「なるほど」平川はうなずいた。さわやかでさえあった。「その若さで課長さんということは、神木課長は警察庁のキャリアですか」

そうですとサイコは答えた。平川は再度うなずき、続けた。

「この職に就いてから、何人かそういう方にもお会いできました。それ以前は、まったくご縁のない世界でしたから。これも、市長の特権かな。しかし、それほど優秀な女性に面と向かって、己の恥部をもう一度お話しするのは苦行ですね。先日の記者会見は、ご覧いただきましたか」

「拝見しました。ですが、途中で強制的に切り上げられたようですが」

「そう言われても仕方ありません」後頭部に手をやり、市長は苦笑した。「警察の方だから、オフレコにしていただけますよね。正直に言いますと私を辞任へ追いこむため、吊し上げようという空気に耐えられなかったんですよ。釈明や謝罪を素直に聞いていただける雰囲気ではありませんでした。あれ以上続けても、不毛なやり取りにしかならないと思いまして、助役に頼んで終了させていただきました」

「マスコミは、すぐに辞任と騒ぎますからね。バカの一つ覚えで」

「そう言っていただけると助かりますよ」

平川は嬉しそうにうなずいた。サイコが何を聞き出したいのか、おれには分からなかった。

「先月二〇日」サイコは続けた。「金曜の夜に県庁で起こった騒動は、ご存知ですね。

巷では〝祝華の夜凸〟などと呼ばれているとか」

もちろんと答え、平川は少し冷めているはずの緑茶で喉を潤した。サイコも目で答える。

「あの騒動は取材側がネットで拡散したため、全国的な話題となりました。今月に入り、中央メディアも取材に訪れ始めた。そこに持ち上がったのが、あなたのスキャンダルです」

言葉を切り、サイコは相手の反応を窺う。おれが見る限り、市長の表情に変化はなかった。

「あまりにもタイミングが良すぎるとは思いませんか」

「知事様を助けるために、私が十九歳の女性と酒席をともにしたとでも？」

「あるいは、ありもしなかったことを申し合わせて、でっち上げたか」

サイコの問いに含まれる真意を、平川は読み取ったようだ。うなずいて言う。

「それはありませんよ。今回の件で私は大変な打撃を被り、支援者はじめ多くの方からお叱りも受けました。自分が蒔いた種ですから仕方ありませんが。課長さんがおっしゃるとおりなら、私はあまりにも軽率ということになる。鳴かず飛ばずだったとはいえ元ミュージシャンですから、人気の重要性は身に染みています。それは市長も同じです」

「我妻知事には、大変お世話になってらっしゃると伺っておりますが」

「それは事実ですけどね。あの方がいらっしゃらなかったら、私は田舎で膝を抱えたまま終わっていました。東京で夢破れた、ただのおじさんです。祝華市長などという栄誉ある役職には就けなかったでしょう。その点は大変感謝しています」

平川は湯呑みを手にした。残り少ないだろう茶を飲み干す。

「自分で言うのもなんですが、私の人生は苦労の連続でした。仕方なく田舎へ帰ってきたら、市長にならないかとお誘いを受けた。やっと未来が拓けてきたんです。なのに、何もかも手放すような危険を冒すと思いますか。いくら知事様に対してでも、そこまでしてあげる義理はありませんよ。そんな度胸もありませんし」

平川は微笑んだままだった。サイコは、市長の顔に視線を据えている。おれは喉が渇いた。緑茶は冷たくなっていた。

市長の回答に、サイコは納得しているのか。確信は持てないが、平川の対応に瑕疵はないと思えた。デコピンによるでっち上げを気づかれた様子はない。

「なるほど」サイコは答えた。茶はいつの間にか飲み干していた。「よく分かりました。それでは、当該女性の名前を教えていただけますか。報道等では匿名となっておりますので」

「何のためにです?」平川は訝しみ、笑みが少し曇った。

「これ以上騒ぎが拡大するようなら、県警でその女性を保護する必要があると考えています。身元を把握しておきたいので」

女にも会うつもりか。避けたいところだが、おれには為す術がない。

「了解しました」抵抗は得にならないと判断したか。市長はあっさりと答えた。「女性は甲斐あみささんといいます。市内在住らしいのですが、住所は存じ上げません。もちろん携帯番号なども。一度同席したことがあるというだけで、ほとんど会話もしていないんですよ」

平川は、甲斐あみさがどういう字を書くのか説明した。サイコはスマートフォンのメモ機能に書きこみ、市長に確認した。おれもそうした。黙って見ているだけでは、あとで何を言われるか分かったもんじゃなかった。

「お忙しいところ、お時間を取っていただきありがとうございました」

サイコは立ち上がり、一礼した。帰るようだ。おれもあとに続いた。

「いえ。こちらこそ勝手なことばかり並べたてまして、申し訳なく思っています」

市長も立ち上がった。浮かべている微笑は、少しだけ疲れて見えた。

「勝手ついでに、もう一つ」平川が人差し指を立てた。「県警の方にお願いです。今度の件ですが、できればそっとしておいていただけると助かるのですが。私もさすがに疲れました。ご理解いただけたらありがたいです」

13：53

市長室を辞去し、徒歩で県警本部へ戻った。サイコの指示を受け、甲斐の住所を住基ネットで検索した。

結果はすぐに出た。住居表示を見る限りでは、賃貸アパートのようだ。電話番号は分からない。アポが取れないため、夕刻を待ち突撃することにした。

サイコをレクサスに乗せ、おれは甲斐あみさの自宅へ出発した。

甲斐の自宅アパートは、県道――旧国道を南へ進んだ市境近くにあった。県警本部など市内中心部から車で二十分ほどの距離だ。

「よだれ垂らしながら、ナンパしたりするんじゃないわよ」

車内でサイコが語気鋭くいった。冗談には聞こえなかった。おれは答えた。

「そんなことしませんよ！」

「私が送った」サイコが鼻を鳴らす。「あんたの女性遍歴リスト見たでしょ。さかりのついた犬や猫でも、もうちょっと折り目正しく慎ましい生活してるわよ」

一六時を過ぎると、県道の交通量も増える。暮れ始めた二車線道路をゆっくりと進んだ。

目指すアパートは県道を右折し、路地を何度も曲がる入り組んだ一角に立っていた。左右に広がる二階建てだ。カーナビがなければ見落としてしまうほど目立たない物件だった。

バルコニー側から見た感じでは、八部屋ほどが並んでいる。一部屋が広くないため、単身者用らしい。洒落(しゃれ)たデザインとはいえず、築年数も古い。家賃は安いだろう。

建屋に較べて、駐車場は充実していた。アスファルトに白く〃外来者用〃と書かれた一角へ、レクサスを入れた。サイコとともに降車する。甲斐の部屋番号は二〇五号室、二階の中央辺りと思われた。

　エレベーターはなく、西端にコンクリートの階段があった。東端まで一直線の廊下で繋がっている。

「甲斐はいますかね」階段を上りながら、おれは訊いた。

「不在なら近所で聞き込みして、帰るか待つか判断するわ」

　サイコは答えた。確かにそうするしかないようだ。

　訪問の目的を、おれはまだ聞かされていなかった。甲斐に何を訊くつもりなのか。

　サイコの尋問に対し、市長はとぼけ切った。デコピンの企みは暴かれていない。甲斐にも同じ真似ができるだろうか。

　市長のときは下手に口を挟むと、平川のペースを乱す恐れがあった。事実無根と発覚しないよう、今回は何らかのサポートが必要かも知れない。

　おれにできるだろうか。不安だった。

　考えているうちに、二〇五号室の前に着いた。覚悟を決めるしかないが、内心では留守ならいいとさえ思っていた。

「呼んでみて」

　サイコに命じられた。市役所と違い、部下に対応させるつもりらしい。それが本来の姿とはいえた。

インターフォンを押し、待った。数秒で、はいと返事があった。

「甲斐あみささんのお宅ですか」

そうだと返事があった。本人かとの確認に対しても、素直に答えた。

「私は県警捜査第二課の猿渡と申します。課長の神木も同行しています。少しお話を伺いたいのですが」

「お待ちください」やはり数秒で開錠音が響いた。

「話は私がするから」

サイコが前に出た。入れ違いに、おれは下がった。言われたとおりにするしかない。

ドアが開き、若い女が顔を出した。ドアチェーンはかかったままだ。中背で細身、大人しい顔立ちをしていた。部屋着だろうか、くたびれたピンクのスウェットを着ている。

「甲斐あみささんですね」サイコは明るく声をかけた。「私は、課長の神木です。後ろにいるのが、部下の猿渡」

「はあ」気のない返事だった。「玄関先では何なので、中に入っていただけますか」

「よろしければ是非」

ドアチェーンが外され、甲斐がドアを大きく開いた。狭い三和土(たたき)が見えた。スウェットの背中を追うように、中へ入った。サイコが脱いだ靴は、スニーカーだった。おれは一応、イギリス製の革靴を履いている。ネットオークションで手に入れた格安品だけど。

続く廊下は左側がキッチン、右にユニットバスがある。奥に見える六畳ほどの居間はフローリングだ。やはり単身者用のワンルームだった。

素っ気ない部屋というのが、一目見た印象だった。中央にガラステーブルが置かれ、丸いクッションが四つ配置されている。小さなTVと古い型のCDコンポ以外に、家具らしき物は見当たらない。布団を使っているのか、ベッドもなかった。タンスやクローゼットもないため、服は右手の押入れに収納しているようだ。布団も同じだろう。

おれとサイコは勧められるまま、小さなクッションに座った。ガラステーブルを挟んで、甲斐と向かい合う形になった。

「それでは、早速お話を聴かせて欲しいんだけど。いいかな」

サイコは優しく話しかけていた。こんな声も出せるのかと驚いた。少なくとも、おれには向けられたことがない口調だ。

甲斐は小さく返事をした。顔立ち同様に態度も大人しく、何とも頼りない。大丈夫だろうか。ぼろを出さないか心配だった。

おれが同席していながら、スキャンダルのでっち上げをサイコに悟られる。そんなことになったら、デコピンからどんな目に遭わされるか。考えたくもなかった。

サイコは質問を始めた。まずは事実関係の確認からだ。日時や場所に関する甲斐の回答は、平川市長の記者会見内容と合致していた。今のところ矛盾はない。

「読書が趣味なの？」

サイコが急に話題を変えた。甲斐がうなずいた。微かに表情が明るくなったようだ。

室内に本棚は置かれておらず、かなりな数の文庫が隅に積み上げられていた。

甲斐とサイコは、小説の話で盛り上がり始めたようだ。本を読まないおれには、会話の内容が分からなかった。村上春樹とは誰だろう。村神様なら知っているけど。

「……でも、お金がなくて。新刊は買えないから、古本屋さんを利用しているんです。あと図書館も。作家さんに申し訳ないなって」

うつむきながら、甲斐は恥ずかしそうに言った。数冊積んである単行本の背には、図書ラベルが貼られていた。

「そんなことないよ」励ますようにサイコが言う。「私も学生のころは利用してたし。ある作家さんが言ってたよ。古書店や図書館に来られる方も、立派な読者だって」

サイコは少しずつ、甲斐の私生活についても問い始めた。彼女は県南部、山間の村で生まれ育った。実家は、かんきつ農家だという。

「父が、親戚の借金を肩代わりしたんです。それから、私の実家はおかしくなり始めて」

甲斐の父親は、個人商店を営む従兄の連帯保証人になったそうだ。その男は夜逃げし、借金だけが残った。返済が追いつかず、ほかから借りた金を回す。そうした自転車操業が十年以上続いている。現在、信用金庫はじめ随所に借財がある状態となった。

「父は、闇金とかにも手を出しているみたいだし――」

大学進学できる経済状態ではなかった。だが高卒では、山間部の地元に大した就職先はない。家業を手伝っても、稼ぎはたかが知れている。

「祝華市に出て仕事を探すしかない。そう思いました。少しでも収入を良くしようとするなら、高卒より専門学校へ進んだ方がいいのでは。そう考え、学費や生活費はアルバイトで賄うからと両親を説得したんです」

今年の春から、甲斐は専門学校へ進んだ。夜は、キャバクラでアルバイトも始めた。

水商売のアルバイトをしているうちに、デコピンからスカウトされたことになる。もちろん甲斐は、その辺りはサイコに話さなかった。

「市長さんに誘われて、お酒の席に参加したのは事実です。お話ししていることに間違いはありません」

「本当にそんなことあったのかな」サイコの質問は変わらず穏やかだ。「あったとしても、誰かから指示されたとか」

甲斐は、首を左右に振った。沈鬱だが頑なな態度だった。なかなか使える。このままシラを切りとおしてくれれば大成功だ。そうなって欲しいと、おれは祈っていた。

「猿渡くん」

サイコの視線が向けられた。懐から財布を出し、千円札を抜く。

「少し休憩したいから、飲み物買ってきてくれないかな。そこにコンビニがあったでしょ。お釣りはあげるから」

サイコのおごりは初めてだ。子どものお使いじゃあるまいしとは思ったが、逆らう気力も持ち合わせていなかった。この分なら席を外しても、甲斐が陥落することはないだろう。釣銭も、やるというならもらっておこう。

席を外したおれは、コンビニで烏龍茶の五百ミリペットボトルを三本買ってきた。甲斐のリクエストだった。

部屋に戻ると、サイコと甲斐はさらに打ち解けていた。小説の話でもしていたのだろう。おれはペットボトルを配った。

それからの会話は他愛のないものだった。サイコは諦めたのか、甲斐の主張を強行突破するつもりはないようだ。

勝った。とりあえずこの場は凌いだ。そう感じていた。甲斐に感謝するしかない。

サイコと甲斐は雑談を続け、おれは黙って烏龍茶を飲んだ。冷えていて美味い。勝利の味かも知れなかった。

「じゃ、私たちはこの辺で失礼するから」

飲み終わったころに、サイコは腰を上げた。おれも倣う。

「ありがとうございました」

サイコの詰問を躱し続け、こんな安い茶にまで礼を言う。何ていい子なんだろう。こちらが礼を言いたいくらいだ。おれは本気でそう思っていた。

18：07

おれは、サイコを官舎へ送った。甲斐のアパートを出たあと、課に寄らず直帰すると言ったからだ。そのあと県警本部へ戻った。

レクサスを公用車駐車場に入れ、おれは刑事部長室へ向かった。

「よくやった！」

市長と甲斐あみさに対して、サイコが行なった尋問の結果を報告した。デコピンは椅子から立ち上がった。

「やればできるじゃねえか、ロミオ！」

おれは何もやっていないのだが、まあいい。たまには褒められても、罰は当たらないだろう。喜んでいるデコピンに水を差す必要もない。

「平川の野郎はともかく、あの娘はできると踏んでたのさ。一見大人しそうなんだが、苦労して育ったからだろうな。芯が強い」

「さすが部長。お目が高い」

調子に乗っていれば、お世辞も出る。高揚感のおかげで、おれは頭を悩ませ続けてきた不安から解放されていた。

「馬鹿野郎。おだてたって木には登らねえぞ」

満更でもない様子で、デコピンは部長席に腰を下ろした。木に登らなくてもいい。デコピンされるより遥かにマシだ。

「まあ。順調に進んでるってとこかな」デコピンは腕を組んだ。「選挙は水物だからよ。結果が出るまで油断はできねえが」

一一月一〇日　金曜日

県知事選の運動期間は残り九日だ。それを過ぎれば、翌日曜は投票日となる。

空は曇りがちで、気温が低い日も増えつつある。季節は秋から冬へ移行していた。

「ほんと、バカ刑事」迎えの車で、サイコはおれに言った。「あら、語呂がいいわね」韻を踏んで、ラッパーにでもなったつもりか。パワハラも駄洒落レベルなら、ネタが尽きてきた証だろう。安息の日々も近いようだ。

市長に対する糾弾の気運は高まる一方だ。新聞、TV、ネットその他——平川への批判で持ち切りだった。辞職を求める声も大きくなっている。

マスコミの攻勢も激しさを増していた。中央と地元のメディアが取材合戦を繰り広げ、平川と焦点の匿名少女——甲斐あみさを追いかけ続けている。二人とも姿を見せず、沈黙を守ったままだった。

そんな騒ぎを尻目に、我妻陣営の選挙攻勢は激しさを増していた。街中に、〝我妻晴彦〟コールが響き渡っている。小坂サイドも動き回ってはいたが、静かなものだった。公共放送の調査によると、下馬評は現職の圧勝を告げていた。

午後、我妻晴彦に対する怪文書が流れた。紙だけでなく、ＳＮＳにも書きこみが続いている。内容は知事が東京の広告代理店に勤務していたころ、不倫していたというものだった。おれは慌てて、デコピンのところへ駆けこんだ。

「ああ。あれは根も葉もねえからよ」デコピンは落ち着いたものだった。「つーか、あれ書いたのおれだし」

デコピンによると、怪文書は自分に向けて書くものだという。

「てめえで、てめえに不利な文書を流す。すると有権者は当然、その怪文書は対抗馬が相手を貶(おとし)めるために書いたと思うだろ。自分で、自分の悪口触れ回るとは考えない。すると県民は卑劣な真似をする対抗馬に対して、何て下品な奴だと感じるようになる。そう印象づけることで、選挙を有利に進められるのさ。市長を犠牲にしただけで充分逃げ切れるだろうが、念を入れといても損することはねえからな」

昨日と違い、サイコに動く気配はなかった。ほかの捜査員も同様だ。本格的に選挙戦が始まっても、選挙違反取締本部は開店休業状態だった。

選挙運動の情報を得れば、一応捜査員が出かけてはいく。だが、見学に行っているようなものだ。ほとんどの人間が手ぶらで帰ってきた。多くの選挙が実施されてきたが、今までは考えられないことだった。皆デコピンの言いつけを守り、形だけの捜査に徹していた。

19：19

夜を待って、おれは夏崎を訪ねた。事前に連絡し、自宅マンションにいるのは確認してあった。アポも取っている。

昨夜にデコピンから称賛され、精神状態が安定したのは一瞬だった。帰宅して眠るころには元の状態となり、不安が甦っていた。

今日も一日、気が気でなかった。夏崎に早く確認したいことがあった。

マンションへ着き、歓待を受けた。いつもどおりにバーボンで乾杯してから、夏崎が話し始めた。

「この前の晩、電話した生見紘一の件だけどさ」

〝祝華の夜凸〟が起こった日の深夜以来、夏崎とは連絡を取っていなかった。もう三週間近くになる。それだけ、おれに余裕がなかったということだろう。夏崎が続けた。

「おたくの課長、神木彩子だっけ。あんたやデコピンさんがサイコって呼んでる女は、その生見の娘で間違いないな。裏が取れたよ」

「夏さん、部長には伝えた？」

「ああ」夏崎はグラスのバーボンを呷った。

「この前ロミオに速報伝えたあと、すぐに確信が持てたんでね。先に報告しておいた」

何か言っていたか。おれの問いに、デコピンは考えている様子だったと返された。

「〝面倒だな〟とは呟いてたな、独り言みたいに。生見についてもう少し調べますかって訊いたんだけど、やめろって言われたよ」

「どうして？」

「さあな。理由は言われなかった。ストップがかかってる事柄に首を突っこむのは、おれの流儀に反するんでね。この辺りで撤退させてもらうよ。それに、どうにもきな臭い。ヤバい空気が充満してやがる。潮時だと思うぜ」

夏崎は宣言した。奴はそれでいいだろうが、おれは困る。撤退など不可能だろう。デコピンが許さないし、サイコも何を仕掛けてくるか想像さえできない状況だ。メーカーズマークを呑み、考えた。

サイコの父親は生見紘一だった。生見は祝華建設から出向して、我妻晴彦の父――晴資の私設秘書を務めていた。同社から晴資へ違法献金があり、責任を取る形で生見は自殺した。そこまでは分かった。

なら我妻一族や祝華建設に対して、サイコがいい感情を持っていなくても不思議ではない。むしろ、その方が自然だろう。だが、それがあの女の行動とどう結びつくのか。おれの頭では解読不能だった。

夏崎に動いて欲しい局面だったが、無理強いはできない。当面はデコピンの指示に従いながら、サイコの動きを静観するしかないようだった。

「分かったよ」おれは言った。「で、ちょっと確認なんだけど——」

須田芹果の調査をしているか、おれは夏崎に訊いた。この件については、デコピンが夏崎に依頼することとなっていた。そういう話だったはずだが、夏崎はまったく聞いていなかった。デコピンは忘れていたのか、必要ないと考えたのだろうか。

それとも、おれを見捨てるつもりだったか。

うじうじ悩んでいないで、早く確認すればよかった。そうすれば長い間、頭を悩ませることもなかった。忙しかったのもあるが、一番はデコピンに対する遠慮があった。必ず頼んでくれると信じてもいた。それに、おれが直接頼むと自腹になる。

「じゃあ、お願いがあるんだけどさ」

改めて、夏崎に須田芹果の近況調査を依頼した。事情もすべて説明する。

「なるほど」夏崎はうなずいた。「その須田って女が出したレイプの被害届を、ロミオが握り潰したってわけか。デコピンさんの頼みとはいえ、ひでえことするなあ」

「そう言うなよ、困ってるんだからさ」

「で、その女の名を書いた紙が、サイコの机に置いてあったと。デコピンさんは何と言ってるわけ？　話してあるんだろ」

「心配してないみたい。てゆうか、その女のこと自体憶(おぼ)えてなかったらしくて」

「あの人も悪さばっかしてやがるからな。そんな真似ぐらい屁(へ)でもないだろうし、件数も多いとは思うけどさ。忘れてたってのはどうかと思うぜ」

「夏さんに、須田の調査頼んでくれるって話だったんだけど。それすら頭から消えてたみたいだし」

「で、あんたは不安でしょうがなくなった」夏崎が嗤う。「つまり、おれは須田とサイコの関係を調べりゃいいんだな。いいよ、任せとけ」

「ありがとう。助かるよ」

「だけど、タダってわけにはいかない。生見の件はデコピンさんに請求するけど、こっちはあんたの自腹になる。勉強はするけど、あまり安くはならないぜ」

了解した。痛い出費だが仕方がない。サイコが何をしようとしているのか。それさえ分かれば対応もできるだろう。必要経費だ。出世してから補塡すればいい。

「ＯＫ。契約成立だ。乾杯しようぜ」

夏崎の音頭で、おれたちはグラスを合わせた。

夏崎のマンションから帰宅し、シャワーを浴びてベッドに入った。朝まで、ほとんど一睡もできなかった。

おれの不眠は悪化していた。毎晩浴びるように酒を呑んでも眠れない。ひたすら朝を待つしかなかった。そんな日々が続いていた。

そうして週末は過ぎ、新たな週を迎えた。

一一月一四日　火曜日　9：11

その日は、朝から大騒動になった。祝華市だけではなく全国レベルだ。国民皆が騒いでいると言っても過言ではなかった。県警も例外ではない。

一五時から記者団に声明を発表する旨、甲斐あみさがSNSで告知した。実名はもちろん、顔まで晒していた。

「おれは、そんな指示出してねえよ」

刑事部長室へ向かい、おれはデコピンに訊いた。心当たりはないという。

「裏切ることはねえと思うが」デコピンは、コニャック入りのコーヒーを飲んでいた。「可愛い顔して頭の切れる女だからな。その辺はサイコと同じだ。ちょっと知恵回しすぎて、先走ったのかも知れねえな」

「出向きましょうか」

甲斐は、自宅アパート前で会見を行なうと言っていた。

「いや、いい」デコピンは首を横に振った。「下手にお前が出向いて、痛くねえ肚探られんのも面倒だ。何で、県警まで来てるんだってことになりかねないからな。せっかく上手くいってんのに、そいつは面白くねえ。どうせTVで中継するだろ。それで充分さ」

捜査第二課員は一五時から全員課室で待機。デコピンからサイコ経由で、正式に指示が出された。選挙違反を見張っている連中も、昼すぎには皆戻ってくる。おれの外回りも、正午で切り上げることにした。

15：00

課室内のＴＶは、チャンネルを祝華放送に合わせていた。全国ネットのワイドショーが放送されている。課員は全員戻り、ＴＶが見える位置に集まっていた。スペースがないのでおれは自席に、サイコも課長席に座っていた。

「時間となりました。甲斐あみささんは現れるのでしょうか」

若い男性アナウンサーが、ＴＶの中から告げた。祝華放送の社員だ。数分前から、甲斐の自宅前映像が流されている。大勢の取材陣が集まってきていた。

「甲斐さんが姿を見せました」

祝華放送のアナウンサーが告げ、カメラとともに移動した。

甲斐あみさが、アパート西端の階段を下りてきた。中年の男を伴っている。

会見はアパートの階段下で開くと告知されていた。時間までにマスコミがアパートへ入ってこないよう、四名もの警備員が立哨していた。弁護士事務所が手配したらしい。

傍らの中年は弁護士だ。名前は石井敏生、市内では有名な男だった。高級なスーツとネクタイが鼻につく。小柄だが小太り。頭が大きい割に、目は細かった。鼈甲縁の眼鏡をかけていて、薄い頭はバーコード模様を描いていた。祝華市出身の五十三歳、個人事務所を経営している。市内で法的トラブルが起こった際には、よく顔を見せる。金に汚く、より自身の利益となる人間に味方する。そのため派閥等には属さず、政治信条などもない。ビジネスライクな男と見られてきた。ゆえに、地元政官財界も一定の距離を保っている。面倒な人物のため、デコピンでさえ関わりたくないようだった。

弁護士立会いで実施するとSNSに書かれてはいたが、石井とは思わなかった。甲斐にコネがあったとも思えない。一体、誰が紹介したのか。

「皆様、お集まりいただきありがとうございます——」

石井が一歩前に出た。記者会見を仕切るつもりらしい。アパート前で立ったまま始めるようだ。確かに腰を下ろせる場所もない。

「今から、依頼人が声明を読み上げます」

交代するように、石井は下がった。甲斐は小さなメモを手にしていた。マイクは持っていない。肉声で読み上げるようだ。

「私、甲斐あみさは」思ったより大きな声だった。「平川市長さんから誘われ酒席に参加したと申し上げましたが、あれはすべて嘘でした。大変申し訳ございません」

TVに映る記者たちや、それを観ている課員からもどよめきが起こった。おれは椅子から転げ落ちそうになった。

とっさにサイコを見た。特に表情はなく、視線だけTV画面へ向けている。

甲斐の声明は続く。言い訳になるが、実家は貧しく学費や生活費にも困っていた。有名になれば、お金を稼げるのではないか。そう考え、話を広めてしまった。軽率だった。なぜ、市長が当方の嘘を認めたのかは分からない。若い市民の自分を傷つけたくなかったのではないか。優しい方だと思っている。

「そんな素晴らしい平川市長さんを、自分勝手な理由で貶めてしまい大変反省しております。また、市民や報道機関の方々など関係各位に多大なるご迷惑もおかけしてしまいました。この場をお借りしまして、お詫び申し上げます」

甲斐は深々と一礼した。頭を上げると、同時に踵を返した。アパートへ戻っていく。

「ちょ、ちょっと待ってください！」

記者から口々に質問が飛んだ。当然だろう。遮るように石井が踏み出す。

「申し訳ございませんが、依頼人は質問に応じかねますので、声明の発表のみとさせていただきます。これで会見は終了とさせて――」

しつこいマスコミが引き下がるはずもない。飛びかかるような勢いで向かっていくが、屈強な警備員四名に押し戻されてしまう。その間に、石井もその場をあとにした。

「……何が起こってるんだ？　これで終わりかよ」

課室内で、呆然と係長が呟いた。ほかの課員も同様の状態だ。

「そうみたいね」サイコは平然と言った。「はい、ＴＶ消して。皆さん、通常業務に戻ってください」

懐でスマートフォンが震えた。おれは廊下に出た。デコピンからだ。

「何だ、ありゃ！」スマートフォンが割れそうな大声だった。「あの娘のところへ行って、事情聴いて来い。今すぐ！」

18：22

サイコを官舎へ送り、おれは甲斐あみさのアパートへ向かった。

デコピンからは今すぐにとのオーダーだったが、無理だと返した。サイコの目がある。奴を帰したあと、夕方では駄目かと懇願した。不承不承、了解された。

こんな重い気分で、女のアパートを訪れたことがあるかい。ないと言ってくれ。少なくとも、おれは経験したことがなかった。

先日同様レクサスを外来者用駐車場へ入れ、二〇五号室へ上がった。インターフォンを押すと、顔を出したのは石井だった。おれは警察手帳を開き、身分を告げた。

「甲斐あみささんとお話ししたいんですが」

「お一人ですか」

訝し気に石井は問う。弁護士だ。警察の捜査にも詳しい。捜査員は単独で動かないことを知っている。

「すみません。選挙期間中なもので、ほかの捜査員が出払っておりまして。一人での訪問につきましては、上司の了解は得ております」

　適当な言い訳をした。嘘ではない。デコピンの命で来ている。

　本人に確認すると言って、石井は引き下がった。もっと押し問答になると覚悟を決めていた。一分ほどで弁護士は戻ってきた。

「どうぞ。依頼人がお会いします」

　中へ通された。室内の様子は先日と変わらず、素っ気なかった。甲斐あみさの表情だけが明るくなっていた。態度も快活に見えた。

　ガラステーブルを挟んで、おれは甲斐や石井と向かい合った。

「どうして、以前の発言を撤回したのかな」単刀直入に訊いた。

「嘘をつき続けるのは良くないと思ったんです」甲斐は即答した。「先日、神木課長さんとお話しして。自分が、とっても悪いことをしていると感じました。段々と夜も眠れないほど悩むようになって、弁護士さんに相談を」

「石井弁護士のことは、どうやって知ったの？」

「答える必要はありません」

　石井は遮ったが、甲斐は素直に答えた。

「知り合いの紹介です」

「ご実家には多額の借金があるんだよね？」おれは食い下がった。「お金は大丈夫なのかな」

「はい」甲斐は大きく首を縦に振った。嬉しそうに見えた。「頼りになる方が現れて、その人のおかげで目処がつきました。ほんと、刑事さんたちとお会いしてから運が向いてきたみたいです。ありがとうございます。課長さんにもよろしくお伝えください」

「あの、それでね――」

「依頼人は用事を控えておりますので」石井が口を挟んだ。「そろそろお引き取りを」

粘ろうとしたが、相手は弁護士だ。法的な問題を持ち出されても困る。追い立てられるように、おれはアパートをあとにした。

県警本部へ戻り、甲斐あみさの回答をデコピンに伝えた。

「何やってんだ、ロミオ」デコピンは唸った。「マジで使えねえ。ほんとに、お前は顔だけだな。幼稚園児のおつかいじゃねえんだぞ」

「でも、弁護士が同席してたんですよ。それも、あの石井が。あれ以上は無理ですよ」

「一人前の口きくんじゃねえ」

デコピンが右手を振り上げた。デコピンされる――おれは顔を腕で庇った。

「まあいい」デコピンは息を吐いた。「世間の目もある程度は逸らせたしな。〝夜凸〟の記憶も薄らいできてる。日本人は忘れっぽいからよ。平川を生贄にして、一定の効果はあったってことだろう。大切なのは選挙結果だ。それまで、デコピンレベル4はお預けにしといてやる」

助かった。先日のレベル3でも死にかけた。4ならどうなるか。

「でも、何であの娘は寝返ったのかな」

デコピンが首を傾げた。おれも疑問だった。実家の借金は目処がついたと言っていた。誰が彼女を助けたのか。

おれに分かるはずもなかった。デコピンは様子を見ると言っている。ついていくだけだった。

一一月一五日　水曜日　～　一九日　日曜日

市長のスキャンダルは下火となっていった。日ごとに報じるマスコミや、話題にする地元市民も見かけなくなっていた。

中央メディアはほとんど帰京したらしい。あれほど平川を追いかけ回していた記者も、どこへ消えたのか。

甲斐のコメントを求める声はあったが、弁護士の石井が阻止したようだ。こちらも忘れ去られつつある。

〟祝華の夜凸〟にも、特に動きはない。祝華日報元記者の茅島が、特別会議室の開放を求め続けていただけだ。県庁は頑なに拒み続けた。あの件を追っているのは、彼女たちぐらいになった。祝華日報はじめ地元メディアは動かず、中央メディアの一部が尻馬に乗った程度だった。ともに大きく報道することはなかった。

投票日までの四日間、現職及び新人の両陣営は選挙戦を繰り広げた。激しいというより、粛々と展開している感じだった。

我妻側は騒々しく名前を連呼し、街角で政策をがなり立てた。対する小坂は静かな選挙カーと肉声の演説、政策アピールはネット中心だった。ただ、有権者との握手だけは熱心に行なっていた。公共放送の事前調査では、現職優勢のまま推移している。

「多少の浮動票は動くだろうけどよ」デコピンは選挙の結果を読んだ。「だが、知事様の勝利は揺るがねえさ。組織票をがっちり押さえてるからな」

選挙違反取締本部はデコピンの指示どおり、大人しく選挙運動の監視をしていた。特に大きな違反行為は報告されていなかった。

「真面目で結構」

成果なしの報告を受け、サイコは言った。ほかの捜査員と同じく、課長の業務に勤しんでいるだけだった。

「あんたも見習いなさい、女の尻ばっか追いかけてないで。分かった、エロミオ。あら、語呂がいいわね」

おれの不安は高まる一方だった。贈収賄の証拠を潰したこと。選挙の行方。県庁用地課長の飯沼はどこへ消えたか。そして、サイコは須田芹果に関して何を知っているのか。

不眠は改善の兆しが見えない。酒量だけが増えていった。夏崎からの報告はなかった。

ときどきおれから連絡するが、まだ調査中と素っ気ない返事だった。

選挙が終われば――それに縋るしかなかった。現職の勝利が確定すれば、すべてが好転する。そこに賭けていた。あとは、デコピンと夏崎が何とかしてくれる。

おれは神に祈った。

一一月一九日　日曜日　20：00

県知事選挙の投票時間が終わり、開票作業が始まった。

おれは刑事部長室にいた。デコピン以外に公安課長の貞野、捜査第一課長の岩立も待機している。当選確実の速報が出され次第、我妻と合流し祝杯を挙げる予定だ。

貞野と岩立の顔を見ることができなかった。用地課長の飯沼をどうしたのか。考えただけで恐ろしかった。

投票日を迎え、おれは朝から県警本部に出勤した。サイコも同じだ。捜査第二課――選挙違反取締本部は、捜査員総出の状態だった。県内すべての投票所に出向き、違反行為がないか確認した。おれも祝華市郊外の投票所へ向かわされた。

夕刻にほかの捜査員と交替し、県警本部へ戻った。何もなかった旨、サイコに報告した。

「思ったより暇ね」

サイコは呑気に言った。特に違反事例は報告されていないようだ。部長に呼ばれたと言って、刑事部長室へ行った。

「現職優勢で進んでるぞ」

部屋に入ると、デコピンがほくそ笑んでいた。マスコミの伝手を使って、出口調査の結果を聞いたらしい。このままいけば、我妻晴彦の勝利となる。

「一、二分で当確出るんじゃないですか」岩立が言う。安心しきった顔だ。

開票〇%でも出口調査で圧倒的な差があれば、〝当確〟の選挙速報は出る。

「早く知事様の喜ぶ顔が見たいですな」貞野も、いやらしく微笑んでいた。

そうはならなかった。二一時を過ぎても、現職当確の速報は流れなかった。おれは捜査第二課へ戻った。サイコに怪しまれないためだ。

それからは、二課と部長室を交互に行き来させられる羽目となった。いつまで経っても、我妻の勝利は確定しなかった。開票作業だけが進んでいく。

選挙結果が出るまで、捜査員は誰も帰ることができない。デコピンたちはしびれを切らし、部長室に備えつけている酒を呑み始めた。おれは遠慮した。酒臭いまま、サイコの前へ出るわけにはいかなかった。

「なかなか粘るわね」

二課へ戻ると、サイコが呟いた。何を指して言ったのかは分からなかった。課内のTVでは、祝華放送がQ県知事選の特別番組を放送していた。二二時で開票率二〇%、我妻と小坂どちらが優勢とも言えない状況だった。

「どうなってんだよ、これ！」

部長室では、デコピンが苛ついていた。貞野や岩立も同様だ。無聊を慰めるように、酒を呑み続けている。

作業は未明近くまで続いた。刑事部長室及び捜査第二課にいた全員が徹夜となった。


開票の結果、勝利したのは新人——小坂皐月だった。

おれは茫然とした。課内の人間も同様だろう。予想外の結果だったからだ。

おれには、ほかの捜査員とは違う事情もあった。自分の中で、目論見の崩れ去る音が聞こえた。これからどうなってしまうのか。想像もできなかった。

「ぶ、部長に報告してきます」

何とかそれだけ言って、おれは捜査第二課を出ていった。

「お疲れ様」平然としているのはサイコだけだった。「よろしく言っといて」

刑事部長室に入った途端、額に衝撃が走った。デコピンからレベル4のデコピンを喰らったようだ。痛いと思う暇もなかった。おれは意識を失ったからだ。

「しょうがねえな」デコピンが言ったようだが、定かではない。「まあいいさ。まだ奥の手があるからな」

第五話「サイコとデコピン」

一一月二〇日　月曜日　8：53

「知ってるか、ロミオ」

夏崎からスマートフォンに連絡が入った。月曜も早朝から何の用だ。依頼しておいた須田芹果の調査に、進展があったのだろうか。

「県警に、すげえ女がいるぞ」

スマートフォンから流れてくる声は、喜びに満ち溢れていた。夏崎は稼業の関係から、県警には顔パスとなっている。今朝も、デコピンのところへご機嫌伺いに来ていたようだ。知事選で我妻晴彦が敗れたためだろう。

おれは訝しんだ。今の県警に、夏崎をここまで喜ばせるようないい女がいただろうか。心当たりはなかった。

「そいつさあ」嬉しそうに夏崎が続ける。「あの横綱にそっくりなんだよ！」

夏崎が語る横綱は、怪我に苦しみ序二段まで番付を落としながらも、見事にカムバック。最高位まで昇りつめた伝説の力士、不屈の闘志を持つ男だ。無敵の取り口といかつい顔、がっしりとした体格には横綱の番付こそがふさわしい。おれもファンだ。でも女だよな、そいつ。

「〝横綱ちゃん〟だよ。顔も体格もそっくり。実物よりは少し小さいんだろうけど、マジでびっくりしたぜ。廊下ですれ違ったんだけど。あの女、どこの課で何て名前？」

夏崎の問いに、おれは思い至った。所属と名前、顔ぐらいは知っている。夏崎と違い、おれはあまり不細工な女に関心がない。大きな女がいるなあと思った程度だった。

「安部玖瑠美かな」おれは答えた。「会計課の事務職員だったと思う。まだ二十代前半じゃないかな」

意外に普通の名前だなと夏崎がぼやく。そりゃそうだろう。自分の娘に、関取みたいな名前をつける親はいない。

「そんな話どうでもいいからさあ」おれは文句を言った。「須田の件、どうなってんだよ」

「ワリいワリい」まったく悪いと思っていない調子で、夏崎が言う。「まだ、ちょっと進展なくてさ。お前にも合わせる顔がないから、デコピンさんに会っただけでこっそり帰ろうとしたんだけど。〝横綱ちゃん〟があまりにも感動的だったから、これはロミオにも情報提供しないといけない、なんて激しい使命感にかられちゃって」

気楽なこと言ってやがる。そんな情報要らない。欲しいのは、須田やサイコに関するネタだ。徹夜明けに聞きたいような話でもなかった。

徹夜で頭が重いのに加えて、デコピンレベル4の後遺症もある。頭蓋骨が砕けたように痛い。意識を失っていたのは数分で、おれはすぐに課室へ帰された。

調査を急ぐよう頼み、おれは通話を終えた。昨夜は、捜査第二課員は全員が徹夜となっていた。知事選の開票が未明までかかったからだ。課員は二手に分かれ、半数が着替えに帰っている。午後に交替する予定だ。おれとサイコは残って、TVを観ているところだった。

チャンネルは祝華放送だ。カメラは、小坂皐月の選挙事務所を映している。

「まるで、魔法のようでしたね」

「応援してくださった方々のおかげです」

小坂が男性アナウンサーの質問に応じている。〝魔女のおばさん〟になぞらえたおためごかしを勝者は無視した。とまどいながら、男は言葉をつなぐ。

「……当選が決まったとき、万歳三唱をしておられませんでしたが」

勝利が確定しても、小坂陣営は万歳をしなかった。深々と頭を下げ、礼を言っただけだ。

「相手の候補に失礼ですし。選挙はそもそも、勝ち負けではありません。そうした考えは、選んでくださった有権者の思いを冒瀆するものだと思います。どれだけの支持を集めることができたか、また集められなかったか。大切なのはそこです」

小坂が答えた。見た目はどこにでもいるおばさんだが、口調は力強い。

「勝ったなどと喜んでいる余裕はございません。今回の選挙では、県民の約三割が投票にいらっしゃいませんでした。投票してくださった方でも、四割以上が我妻知事を支持しておられた。これは真摯に受け止めなければならないことです。私に投票してくださった方の期待に応えるのはもちろんですが、反対されている方の声にも耳を傾け、ご納得いただける県政を推進していく必要があります」

まるで敗者のコメントだ。インタビュアーの戸惑いが分かった。確かに、選挙結果は接戦だった。だからこそ、結果判明に未明までかかった。

「えーと。選挙事務所のご様子が、今までの候補者とは少し違うように思うのですが」

「実用性を重視しています。私は県民に奉仕するため立候補したのですから、その役に立たないものは無用と判断しました」

小坂の事務所内は簡素だった。〝必勝〟と書かれた垂れ幕もなければ、目が白い達磨もない。普通のオフィスにしか見えなかった。

「私、昔から選挙事務所って苦手だったのよねえ。下品で」

TVを観ながらサイコが呟いた。おれに言っているようだ。

「オヤジの欲望がむき出しだから、加齢臭がひどくて。偉い政治家の推薦状とか並べたり、男根主義の短小コンプレックスそのもの。達磨は可愛いからいいとしても、書は〝必勝〟以外にないわけ？　〝思いやり〟とか〝優しさ〟とか、いくらでもいい言葉あるじゃない。〝私は頭が悪いです〟って言いふらしてるようにしか見えないのよね」

よく分からないが、うなずいておいた。下手に逆らえば、またパワハラの嵐に晒される。

画面が、我妻陣営の選挙事務所に切り替わった。落選した現職知事が、敗戦のインタビューに応じている。

「この度敗れたことに関しまして、私の力不足を実感しており、不徳の致すところと考えております。支援してくださった皆様には大変申し訳なく、この場をお借りしましてお詫び申し上げるところです。勝利した小坂氏にはしっかりと引継ぎをさせていただきまして、県政が停滞することのないよう、最後まで務めて参る所存であり――」

そう告げる我妻は顔色を失っていた。先月会ったときのような殿様然とした様子は、微塵もない。落選のショックから、立ち直れていないのがよく分かる。

「可哀想に」

サイコが嗤って、吐き捨てた。残っている課員の注意が向く。県庁に限らず、県警の職員もかなり保守的だ。改めて、県警内の多くが我妻側だったことに気づかされる。直接の恩恵を受けているかどうかはともかく。

今回の敗北を、デコピンはどう考えているのか。怖くて会いたくなかった。夏崎もその辺を恐れてはいても、様子を窺っておく必要はあると考えたのだろう。

奥の手がある。刑事部長室でデコピンは言っていた。意識が飛んでいたので定かじゃないが、そう聞いたように思う。あれはどういう意味だろうか。

おれはどうなってしまうのか。痛みと不安が頭を駆け巡っていた。

一一月二三日　木曜日　19：24

サイコを送り、おれは自宅アパートへ戻った。シャワーを浴び、ビールを呑み始めていた。

今回の選挙は総じて暇だった。定時上がりの日も少なくなかった。デコピンが、関係捜査員全員に動くなと指示していたからだ。

選挙違反取締本部に詰めさせられた場合、連日にわたって徹夜紛いの状態が続く。家に帰れない日も多い。今回は、そんなことはなかった。真面目に働く気がないおれは、ラッキーとしか考えていなかった。我妻が落選したことは計算外だったが。

「選挙で落ちるって、人格を否定されるような感覚でしょうね」

送りの車中、サイコが珍しく神妙に言った。おれは、はあと答えた。

「あんたは幸せね。初めから、否定されるような人格は持ち合わせてないんだから。顔だけで中身はスカスカ。世界で一番幸福な人種だわ。私も、あんたみたいな人間に生まれたかったわよ。そんな奴を人間と呼んでいいかどうかは怪しいけれど」

もう慣れた。おれはＴＶを点けた。公共放送の地元ニュースだ。選挙管理委員会から、小坂皐月に当選証書が手渡されていた。

この瞬間、大抵の政治家は大なり小なり嬉しそうな顔をする。小坂に表情はなかった。警察学校の卒業式で、代表となった同期を思い出した。奴は画面の小坂と同じく、生真面目そのものな態度だった。でなければどやされるからだ。

小坂は知事となった。県知事や市町村長の権力は、一般大衆が考える以上に絶大だ。彼女を遮るものは何もない。もう少し喜んでもいいはずだった。

おれは考えた。どうして我妻は落選したのか。

〝祝華の夜凸〟が悪いイメージを与えた。それはあるだろう。静かな選挙カーなど小坂陣営の一風変わった選挙運動が、功をそうした面もあるはずだ。かなりの浮動票が、新人へ流れた可能性は十二分にあった。

とはいえ、我妻は建設業界はじめ鉄板の組織票を抱えていた。選挙に世襲政治家が強いのは、強固な地盤——票田に支えられているからだ。加えて我妻には看板——親の名前、カバン——金もある。ぽっと出の小坂に負けるはずがなかった。

さらにおかしいのは、事前調査や出口調査でも現職優勢だったことだ。だが、結果は落選。逆転を許すタイミングなどなかった。〝魔女のおばさん〟が、本当に魔法を使ったとでもいうのか。解せないが、おれに分かるはずもなかった。

デコピンなら、どう分析するだろう。敗戦が決まった月曜以来、呼び出されることはなかった。何かを企（たくら）んでいるのだろうか。

須田芹果の件。贈収賄偽装の証拠を潰（つぶ）したこと。消えたままの用地課長。甲斐あみさの裏切り。頭を悩ませることばかりで、希望の光はまったく見えてこない。

おれはビールを干し、ウィスキーに切り替えた。

一一月二四日　金曜日　10：22

捜査第二課は朝から騒然としていた。

小坂皐月陣営の選挙運動員を捜査第二課員が任意同行してきた。有権者に投票を依頼、見返りとして一万円相当のビール券を渡した疑いがあるという。まだ参考人の段階だが、聴取の結果次第では逮捕に踏み切る予定だ。

「どこの取調室に入れる？　慎重に行けよ」

課長補佐の指示は怒号に近い。無理もない。考えられない事態だからだ。

当選者側の選挙違反が挙げられることは、この町では考えられない。検挙されるのは落選者サイドに限られる。次期権力者にケンカを売っても、何もいいことはないからだ。捜査員が点数稼ぎをしたいなら、負け犬を叩く方が安全だろう。

あるとすれば微罪か不起訴で済む軽微な事案を挙げ、権力者に恩を売る場合だ。または、もっと大きな権力がその当選者を見限ったか。おれは、どちらの話も聞いていなかった。

情報を摑んだ捜査員は稲光馨という。すでに参考人と取調室に入っている。

参考人とは、先ほど廊下ですれ違った。捜査員二名に両脇を固められ、うつむいたまま歩いていた。

中背で細身の青年だ。大人しい印象だった。名は宮島峻司（みやじましゅんじ）、二十八歳という。

スマートフォンが震えた。デコピンだ。刑事部長室へ入ると、秘書がコーヒーカップを洗っているところだった。目で了解を取り、中へ入った。

「パクった〝魔女〟の運動員見たか」デコピンが席に座ったまま訊（き）いてきた。

「さっき廊下ですれ違いました」小坂も、来月からは県知事だ。気楽に〝魔女のおばさん〟などと呼べなくなってきた。

「おまえ、聴取に立ち会え。記録係しながら稲光をサポートしてやれ。二人で、必ず宮島の口を割らせろ。小坂の指示だとまで言わせりゃ上出来なんだが」

「それはいいですけど。自供頼みって証拠がないんですか」

「あるわけねえじゃねえか」デコピンは椅子を回した。「おれが適当に見繕って、引っ張らせただけなんだからよ」

「は？」思わず口から出た。

「連座制を適用させて、魔女の当選を無効にさせる。それには、選挙違反をでっち上げなきゃいけねえ。で、選挙事務所から気の弱そうな運動員選んでパクったのさ。証拠なんてあるもんか」

デコピンは説明した。贈賄を告発したのは、武藤直樹（むとうなおき）という四十代前半の男だった。

祝華市内で小料理屋を経営しているという。

「こいつだよ」スマートフォンの写真を見せられた。デコピンが、角刈りの男と肩を組んでいる。ポロシャツから窺える体格は逞しく、日焼けもしていた。

「こいつの店は、おれの行きつけなんだが。日焼けで分かるとおり、ゴルフ三昧の生活でよ」

いわゆるゴルフ焼けか。おれはデコピンに視線を戻した。

「ただでさえ景気が悪いのに、遊び惚けてやがるから店なんか傾いちまって。何か金になる話ねえかって言うから、使ってやることにしたんだよ。おれのスパイとしてな」

デコピンは、武藤を小坂の選挙事務所へ送りこんだ。支援者を装い、小坂陣営の情報を集めさせた。宮島の情報も武藤から入手し、目をつけた。続いて、武藤には告発者にもなってもらった。そのタレこみを稲光が受けたことにした。

「武藤までパクられんのは可哀想だからな。封筒の中身がビール券とは知らず、あとから開けて驚いたことにしてる。これで有罪判決が出れば、めでたく小坂は当選無効になり、知事様が繰り上げ当選って寸法だ。一二月一日には間に合わねえが、我慢していただくさ。魔女の婆ァも短い間とはいえ県知事になれるんだからよ。いい冥途の土産になるだろ」

一二月一日から次の任期が始まる。おれは思わず言った。

「冤罪じゃないですか、それ」

「だったら、どうした」デコピンは平然と言う。「いいか。これは私利私欲のためじゃねえ。あんな婆ァにパート感覚で県知事されてみろ、困るのは県民の皆さんだ。おれは親切でやってるんだよ。あとは使命感だな。地域の治安を預かる身としてほっとけねえからな」

デコピンは満足気にうなずいている。おれは言った。

「でも、あの宮島って若いのはどうなっちゃうんです？」

「馬鹿野郎、心配要らねえよ。たかがビール券一万円分くらいの贈賄、有罪喰らってもションベン刑だ。あんなお先真っ暗なニート野郎でも前科持ちになれば、かえって箔がつくってもんだろ。今後の人生は明るいさ。感謝して欲しいくらいだぜ。いいから、早く稲光と合流しろ。それからな――」

少し言葉を切った。おれは顔色を窺った。すぐにデコピンは続けた。

「サイコには絶対気づかれるんじゃねえぞ。分かったな」

11：39

おれは取調室にいた。入口近くのデスクに座り、パソコンを起ち上げている。記録係を務めるためだ。

手前の席には稲光が座っている。三十七歳の巡査部長。同じ二課員だが、おれとは係が違う。警察官としては小柄で、色白で唇が薄い。細い目は猜疑心に満ちているようだ。今は位置の関係から、背中しか見えない。

稲光の取調べは、執拗なことで有名だった。自身は取調べのプロを自認しているが、やり方はしつこく陰湿だ。いつか冤罪を生むのではないか。そんな恐れから上層部に疎まれ、以前の所属でも殺人など重大事案は任せてもらえなかった。軽微な事案のみ処理させられてきた。

デコピンは、そのしつこい取調べテクニックを見こんで抜擢したようだ。

稲光は二年前に離婚、息子の親権は元妻へ渡った。陰険な性格が原因だろうと、職場でも噂されていた。離婚と、仕事上の劣等感から上層部に取り入ろうとしている。そんな評判もある。

「本当に、僕は何もしていないんです……」

奥の席には宮島が座っている。気弱な表情で、うつむいたまま喋っていた。

宮島は祝華市出身だが、県外の大学卒業後その地域で就職した。稲光の質問で分かってきたことだ。就職先がブラック企業だったため、身体を壊し退職のうえ帰郷。現在は実家で暮らしながらリハビリし、たまにアルバイトに出る程度の生活を送っていた。同居中の親からは、今後のことについてプレッシャーをかけられている。

ネットで小坂皐月の政策を読み、共感を覚えた。自ら志願して、選挙運動を手伝うようになった。

「そう。でね、もう一回訊くんだけどさあ……早く話して、早く家に帰ろうよ、ね……そんな態度じゃ全然前に進まないよね。いや、分かるよ。今の日本はさ、本当にひどい労働環境だよね……お父さんとお母さんも心配してるんじゃないかな……こんなことしてさ、申し訳ないと思わないのかな。小坂さんやほかの運動員、県民の皆さんにこの場で謝罪するべきだと思うんだけど」

同じ質問を繰り返し、矛盾を突く。甘言を弄して、籠絡する。厳しい質問と、同情を繰り返す。親族の話を持ち出す。被害者に謝らせる。稲光の取調べは、これらの繰り返しだった。冤罪を生み出しかねないと、一部の識者はご法度扱いとしている手法だ。

あまりのしつこさに、おれは正直引いていた。時間も長い。昼食とトイレ休憩以外は、延々ねちねちとやっている。おれなら泣き出していたかも知れない。

聴取は何時間にも及んだ。外はすでに暗い。

「じゃあ。今日はこれくらいにしようか。明日も来てもらえるよね」

安心したのもつかの間、宮島の顔が一瞬で蒼褪めた。

「あの、明日は土曜日ですけど……」おずおずと、宮島が言う。

「うん。知ってる」稲光はしれっとうなずいた。「これ任意の聴取だけどさ、応じないと怪しいって考える上司もいるんだよね。罪を認めたも同然だ、みたいな。もし姿を隠しちゃったりしたらさ、指名手配とかも考えなきゃいけなくなるし。そうなったら君も困るでしょ。じゃ、明日の朝八時半に迎えに行くから。今日はこれで送るよ、お疲れ様」

一一月二五日　土曜日　〜　二六日　日曜日

土曜の早朝。八時半前に、おれと稲光は宮島の自宅へ向かっていた。

「今日中には、宮島にゲロさせてえな。デコピンの機嫌もあるし」

「そうですね」運転しながら、おれは答えた。助手席では、稲光が粘ついた視線を前へ向けている。「でも、あの様子だと大変じゃないですか」

「土日かけて締め上げれば、音を上げるだろ」

宮島の自宅に到着した。古びたよくある一戸建てだった。近所に聞こえるよう大きな声で、稲光は県警だと名乗った。

送迎にはトヨタ・クラウンのPCを使った。覆面車ではないため、一目で警察が来たと分かる。サイレンまでは鳴らしていないが、回転灯は稼働させている。周囲から注目を集めるよう、わざと目立たせていた。

閑静な住宅街だった。警察が来ている、宮島さんは何をしたのか。早朝の町並みはひっそりとしているが、近所では噂になっているだろう。こうして、被疑者にプレッシャーを与えていく段取りだ。

宮島の父親は、地元の地方銀行に勤務している。世間体や地域の評判を気にするはずだ。稲光はそこまで計算していた。

蒼い顔をして宮島が現れた。母親だろう。五十がらみの女も一緒に顔を出し、言った。

「ご近所の手前もありますので、もう少し、その……」

「ご心配要りません、お母さん」稲光は、あえて大声で答えた。「息子さんの安全を考え、行なっている処置ですから。峻司くんも、こんな優しいお母さんを泣かせちゃいけないぞ」

執拗な取調べは夜まで続いた。宮島は持ちこたえた。やっていないものは、答えようがないだけかも知れないが。

土曜の夜は送り、日曜の朝も迎えに行った。今度は、宮島の父親も現れた。昨日と同じように、稲光は大声の嫌がらせで突き放した。

「そのビール券に、僕の指紋でもあったんですか」

両親の入れ知恵だろうか。宮島は、少しだけ力強く反問した。

「君を、そこまで馬鹿だとは思っていないよ」白々しく、稲光は答えた。「証拠となる品に、指紋なんか残すはずがないだろう」

稲光に自供へ追いこむプランはなかった。神経戦に持ちこみ、相手が精神的に崩れるのを待っているだけだ。一種の拷問だった。

宮島峻司は生気を失い、陥落寸前だった。おれは気の毒になった。だが、手を差し伸べることはできない。ただ見ているしかなかった。

一一月二七日　月曜日　9：07

おれと稲光は土日同様、宮島を自宅へ迎えに行った。実質上の連行だ。そのまま取調室に入れ、聴取を開始するところだった。

「稲光さん」

サイコが声をかけてきた。おれと稲光は踵を返し、課長席の前へ立った。サイコが見上げてきた。

「捜査の進捗、参考人の聴取状況を報告してください」

稲光に命じた。サイコは基本、おれ以外の部下には敬語を使う。

「分かりました」稲光が答えた。口調は自信に満ちている。「まずは、通報者の主張からご説明を——」

一一月一六日木曜日一四時ごろ、選挙事務所で武藤直樹は宮島峻司から封筒を渡された。封筒は無地で、中身の説明もなかった。投票お願いしますとだけ言われた。金品とは思わず、何か政策アピールの資料程度と考えた。選挙運動中の文書配布は違反行為だが、そのことは知らなかった。

選挙が終わり、小坂皐月が当選した。渡された封筒を思い出し、仕事の合間に中を検めた。一万円相当のビール券が出てきて、驚いた。通報しようか迷ったが、放置すればかえって巻きこまれるとの判断に至った。

「現時点で宮島は否認中です。封筒を渡しただけですから、物証もビール券ぐらいしかありません。渡した状況を目撃した者がいないか、ほかの者が当たっています」

そのビール券は、デコピンが裏金で購入した物だ。目撃者などいるはずもない。稲光は、平然とでっち上げの報告をした。

「一人だけに渡したというのは、現実的ではありません。一票ぐらい増えたところで、大した効果はありませんから。武藤に票の取りまとめまで依頼したとは思われませんし。一万円分では、ほかの有権者に配布するボリュームがありませんので。もっと多くの人間に対し、同じように渡していたのではないかと。その余罪も含めて追及する予定です」

「了解しました」サイコは淡々と言った。「引き続きよろしくお願いします」

一礼して課長席を離れ、おれたちは廊下に出た。稲光が話しかけてきた。

「デコピンさんも言ってたけどさあ。神木課長って、そんなに警戒しなきゃいけねえか」

返答に困った。稲光がデコピンから、どこまで事情を聞かされているか。それが分からない以上、どこまで信用していい男か判断できない。軽率な対応は地雷を踏む恐れがあった。下手な回答は避け、頭は切れるみたいですと適当にはぐらかしておいた。

取調室では、うな垂れた宮島が待っていた。前日までと同じく、執拗(しつよう)な聴取が開始された。おれは耳を塞(ふさ)ぎ、目を背けたくなった。

一一月二八日　火曜日　9：24

「TV観てみろ」

デコピンからスマートフォンに連絡が入った。言われたとおり課室へ戻って、祝華放送を点けた。宮島の聴取は一時休憩とした。地元ニュースの時間だった。

「速報です。現在、小坂皐月氏の選挙運動員が重要参考人として、県警において事情聴取を受けている模様です。何らかの選挙違反に関する容疑と見られ、詳細が分かり次第引き続きお知らせして――」

女性アナウンサーは小坂の選挙事務所前にいた。ほかにも報道陣が集まっているようだ。

「祝華日報もチェックしろ」

係長が指示してきた。祝華日報は夕刊を発行していないが、ネットで速報を流すことはある。ホームページを確認すると、トップで出ていた。

宮島は逮捕どころか、自供にさえ至っていない。この段階での報道が皆無とはいわないが、フライング感は否めなかった。被疑者が匿名とはいえ先走りすぎだ。内容もあいまいで短い。

「おれが、子飼いのマスコミ使って報道させた」

　ＴＶ等の報道を見た旨スマートフォンで報告すると、デコピンは嬉々として言った。

「あとは、お前らが供述さえ取ればいい。起訴に持ちこめる最低限のヤツをな。逮捕さえすりゃこっちのもんだ。宮島は実名報道される。世間は奴の仕業と思いこむだろう。これで贈賄犯の一丁上がりさ。ほんとにヤッたかどうかなんて関係ねえ。〝真犯人〟は、マスコミと世論が勝手にでっち上げてくれるんだからよ」

　誤認逮捕と誤報、世間の思いこみ。冤罪に陥る典型的なパターンだ。しかも、今回は警察が自ら捏造しようとしている。おれは背筋が寒くなった。

　しっかりやれと言い残して、デコピンは電話を切った。

　祝華日報のホームページには、ほかの情報もあった。報道の影響か、我妻から小坂への引継ぎが延期された。今週行なわれるはずだったが、日程調整さえ覚束ない状態だという。

　デコピンによる〝魔女のおばさん〟包囲網は、確実に狭められつつあった。

一一月二九日　水曜日　9：24

「聴取、いったん中止して」サイコが取調室に入ってきた。「二人とも課に戻ってください」

　おれと稲光は顔を見合わせたが、言われたとおりにした。離席している間、宮島はほかの二課員が対応するという。

　昨日も、ぎりぎりの時刻まで聴取を行なった。宮島は憔悴（しょうすい）しきった様子だった。もうすぐ落ちる。おれにでも分かった。

「今日中に口を割らせるぞ」

　宮島を迎えに行く車内で、稲光も言っていた。自信満々な口ぶりだったが、そう上手（うま）くいくかどうか。おれには疑問だった。

　昨日のフライング報道後も、稲光は執拗な聴取を行なった。宮島も否認を続けていたが、今日は少し態度が違って見えた。わずかにだが生気が戻り、受け答えにも力が感じられた。誰かの励ましでもあったのだろう。その程度にしか考えていなかった。

　そこへ、今になってサイコからの中止命令だ。理由は何なのか。訝（いぶか）りながら、おれたちは捜査第二課へ戻った。

「宮島峻司にはアリバイがあります」

　おれと稲光が課長席前に整列すると、サイコが口を開いた。

「はあっ？」

　稲光が細い目を見開き、おれは間抜けに口を開けた。サイコは、冷静かつ至って真面目な態度で続けた。

　告発人――武藤直樹がビール券を受け取ったと主張している時刻、宮島は選挙カーで運動中だった。助手席から県民に手を振っていた。

「そんな馬鹿な！」

稲光は声を荒らげた。おれも同じ思いだった。アリバイなどあるはずがない。犯行時刻とされる一一月一六日木曜日一四時ごろ、武藤は宮島が事務所にいたところを目撃している。だからこそデコピンは、ビール券の受け渡し日時をそこに設定した。抜かりはないはずだ。稲光は続けた。

「間違いないんですか」

「小坂知事はじめ選挙事務所の人間全員が、そう証言しています。関係者は一人残らず」

サイコは〝魔女のおばさん〟を〝知事〟と呼んだ。まだ任期は迎えておらず、疑惑も解消されていない。無実との確信を持っているということだろうか。

「そのネタ持ってきたのは誰です？」

稲光の額には血管が浮かんでいた。デコピンの目論見が崩れようとしている。自分の出世も閉ざされる。怒りにも似た感情だろう。

「私です。選挙事務所に出向いて確認してきました」サイコは涼しい顔のままだ。

「課長自ら、ですか。部下が聴取中に単独で、そんな行動おかしいでしょう」

「部下といっても、私より年上の方が多いですし。皆さんお忙しくしているのに、私だけが席で踏ん反り返っているのもどうかと思いまして。少しでも課員の負担を減らすよう、足を使ってみました」

サイコは微笑んでさえいた。稲光も食い下がる。

「それって、捜査情報を漏らしたことになりますよね」

「その時刻、本人が現場にいたかどうか。基本的な事項を確認しただけです。捜査情報の漏洩とか、そんな大層な話ではありません。では、参考人を自宅へ送ってください」

稲光は舌打ちでもしそうな形相だった。年下だが相手は課長、警察庁の出向キャリアだ。ぎりぎり堪えた。サイコは、すべった芸人でも嗤う眼で見上げていた。おれは二人を見較べることしかできなかった。

「分かりました」稲光は声を絞り出した。「アリバイが確認でき次第、宮島を帰します」

「駄目です」サイコの口調が強くなった。表情も少し厳しい。「今すぐにお願いします。あと送る際には、覆面車など警察車両と分からない車を使用してください。以上です」

9：43

「で、素直に帰しちまったってのか！」

デコピンは激怒した。宮島を自宅へ送ったあと、おれと稲光は刑事部長室へ向かった。車はサイコの公用車レクサスを使った。ほかに空いている車がなかった。

「課長命令ですから。アリバイもありますし」

おれが言った。稲光はデコピンに遠慮がある。

「馬鹿野郎！　アリバイなんかあるわけねえだろ。おれが、そんな抜け作に見えるか」

「でも、〝魔女のおばさん〟はじめ事務所の全員が証言しているんですよ」

「そんなもん、口裏合わせただけに決まってんだろうが！」

確かにそうだろう。武藤が目撃している以上、宮島は事務所内にいた。選挙カーには乗っていない。だが、元々がやっていない人間に自白させる無理筋だ。反攻されたら、対処のしようがなかった。

「畜生」デコピンが舌打ちした。「何で、サイコに勝手させてんだよ」

「二十四時間見張るわけにはいきませんよ」

おれは情けない声で答えた。デコピンが鼻から息を抜く。

「起こっちまったことはしょうがねえ。だが、あとに引けねえのも事実だ」

焦りが感じられた。恐らくさすがのデコピンにも、もう残された手はない。宮島の贈賄が流れたら、我妻晴彦の敗北は確定する。

「どうしますか」稲光がおずおずと訊いた。

「とりあえず宮島の聴取は保留だ。先にアリバイ証言を潰せ。運動員全員を徹底的に聴取し、ちょっとでもボロ出した奴がいたらとことん締め上げろ。今から、二課員総出で行なえ。サイコにはおれから言っておく。ここまで来たら〝県警の威信にかけて〟だ。何があっても引くんじゃねえぞ。分かったな」

10：05

おれと稲光は捜査第二課へ戻った。異様な雰囲気だった。課室内の職員全員が、パソコンに見入っている。

「はい了解です、部長」サイコは内線で話している。相手はデコピンだろう。「ところで、パソコンご覧になりました？」

何が起こっているのだろう。おれたちは自分の席へ向かい、パソコンを起ち上げた。またネット配信されている動画があるのだろうか。前回と同じチャンネルに合わせた。

「私は今、県庁別館二号棟の八階、特別会議室の前に来ています」

声は、祝華日報元記者——茅島桃子のものだった。おれの視線は、映っている男の顔へ釘づけとなっていた。

会議室前に立っている男は、県庁用地課長の飯沼豊だった。

殺されていなかったのか。安堵すると同時に、別の疑問が頭に渦巻いた。おれが見た死体は何だったのだろう。今までどこにいたのか。そして、絵を描いているのは誰だ。

「課長さんは、この会議室の鍵をお持ちなんですよね」

「は、はい。何度も出入りしますので、いちいち総務課へ借りに行くのが面倒で。な、内緒で合鍵を作りました」

茅島の質問に、つかえながら飯沼が答える。まずい。会議室内には、飯沼が集計していた後援会名簿がそのまま残されている。誰かが開けば、施錠されたままの特別会議室は、茅島がドアにテープを貼っている。痕跡が残る仕組みだ。

デコピンは言っていた。名簿の処分は、誰の目に留まるか分からない。痕跡を残さず処理するのも困難だ。先に宮島の贈賄を固める。今週の金曜には新知事が登庁する予定だが、選挙違反の噂が広まれば流れるだろう。小坂には、地元マスコミから集中砲火を浴びさせる予定だ。〝祝華の夜凸〟に構う余裕はなくなる。折を見て、ゆっくり片づければいい。

その思惑どおりにいかなくなる。宮島は簡単に自供すると、たかを括っていた面は否めない。結果として呑気に構えすぎた。デコピンには誤算だろう。おれにとっても同様だ。

「それでは、会議室を開けていただけますか」

茅島の姿が映る。撮影は、今回も祝華放送の近藤汐里が行なっているようだ。

「りょ、了解です」

求められるまま、飯沼がドアへ歩を進めた。鍵をドアノブへ差しこんでいく。並行して茅島が、ドアに沿って貼られたテープをカッターナイフで切り裂いた。

「危険です。開けないでください」

背後から声がした。県庁総務課の職員だろう。不意を衝かれた形だ。特別会議室は天井が剝落しているため危険――そう言い訳して開放を拒んできた。その嘘も暴かれる。カメラがある以上強制的な排除もできない。

カメラが、総務課職員へパンすることはなかった。早く室内の様子を撮影したくて、うずうずしているのが分かる。

ドアが開いた。飯沼を押しのけるように、カメラが会議室内へ入っていく。長机が中央に集められ、紙の束が山をなしていた。映像がアップになる。

我妻晴彦の後援会名簿だった。県庁職員の親族を使って集めさせ、飯沼たち職員に集計させていた代物だ。

「はい、注目！」

課室内で、サイコが手を叩いた。大きな声を立てるのも珍しいことだ。

「捜査第二課は、これから県庁へ向かいます。鑑識にも応援頼んでください。あと、近隣の交番に現場保全の要請を。皆、急いで」

捜査第二課員はサイコの指示どおり、動ける者は全員が県庁特別会議室へ向かった。小坂陣営の運動員を聴取するどころではなくなった。

ネット配信では、茅島の質問に答える形で、飯沼の証言が始まっていた。会議室内の後援会名簿は、県庁職員の親族が集めた物だ。一部の選ばれた職員が、勤務時間中も含めて集計作業を行なっていた。飯沼自身は自ら進んで。我妻知事も知っている。

大騒ぎになった。県警総出で現場検証に入った。

県庁総務課等からの抵抗はなかった。撮影はもちろん県警の捜査活動まで阻止すれば、火の粉が己に降りかかる。公務員は、その辺の処世術には長けているものだ。自分の身を守る術を経験から学んでいる。

飯沼の身柄は、茅島からサイコが預かった。県警本部へ移送し、聴取中だ。おれは茫然としていた。何をしていたか、あまり覚えていない。県庁の会議室内で、言われるがまま動いていただけだった。

夕方になった。仕方なくだろう、祝華日報や祝華放送など地元メディアも報道を始めた。騒動は拡大する一方だった。

一一月三〇日　木曜日　9：09

昨日から、捜査第二課は上を下への大騒ぎとなった。一夜明けた今も同じ状態だ。宮島の再聴取を行なうどころではなかった。そんなことを覚えている捜査員さえいないだろう。

Q県庁で組織的な選挙違反が行なわれていた。世間の反応は、大規模な山火事を思わせた。燃え上がる一方で消火活動もおぼつかず、全国的な規模に拡大していた。ネットはもちろん、TVや新聞もこの話題で持ちきりだった。

特別会議室内には、後援会名簿以外に集計用のパソコンやコピー機類もあった。一とおりのオフィス機能が備えられていた形だ。すべて証拠品として県警が押収している。室内は空の状態になった。

証拠書類を入れた段ボール箱を抱え、おれは県警本部へ戻った。県庁からの押収品はこれが最後になる。捜査員も鑑識など一部を除いて、撤収作業に入っている。

昨日同様、飯沼は聴取を受けていた。形の上では任意だ。昨夜は飯沼を自宅へ送り、警察官を張りつけた。今朝も厳重な警備の下、県警へ移送した。逃亡を恐れてではなく、身の安全を確保する意味合いが強い。

「猿渡。その箱を奥へ置いたら、証拠品搬入済みの報告を課長へ」

係長に言われた。県警本部七階会議室を即席の捜査本部にしていた。証拠品が多すぎるため、搬入だけで一苦労だった。まだ捜査本部としての機能は備えておらず、単なる倉庫だ。捜査態勢の構築に加え、押収品の仕分けその他やることは山ほどある。

おれは捜査の心配などしていなかった。デコピンは、これからどうするつもりなのか。気がかりなのはそれだけだった。

「課長。押収品の搬入終わりました」

九階へ上がり、捜査第二課へ入った。課長席で書類に目を通しているサイコへ報告した。

「お疲れ」サイコは目も上げずに言った。「〝色男、金と力はなかりけり〟って言うけど、台車程度には使えるのね」

「……どうも」もう深く考えず、褒められていると思うことにした。

「十階の大会議室借りたから」おれの反応など気にもせず、サイコは続ける。「捜査本部はそっちに設けるわ。七階は押収品倉庫にする予定。今設営してるので、十階へ手伝いに行って」

人使いの荒いことだ。身体を動かしていた方が気は紛れるけど。

「諸君ご苦労。お疲れ様」

大きな声とともに、大きな男が入ってきた。忙しなく動いていた課員の視線が集中する。

デコピンだった。課員の視線に手を挙げて応え、課長席へと近づいていく。顔には満面の笑みを浮かべている。サイコが椅子から立ち上がった。

「かしこまらなくていいから」デコピンがサイコに声をかける。「いやあ、神木くん。この度はお手柄だったねえ」

「部長にご指導いただいたおかげです」特に表情もなく、サイコは一礼した。

「いやいや。そんなお世辞要らないって。おれ、何にもしてないんだから。恥ずかしくなるじゃないか。それにしてもえらいことになったねえ。県庁の中であんなけしからんことやってたとは。許せんよ、まったく。課長も大変だと思うけど適正に処理して、関係者にはきっちり落とし前をつけさせてね。それこそ県警の威信にかけて。頼んだよ」

　二人のやりとりを見ながら、おれはぽかんとしていた。口を開いてさえいたかも知れない。目の前で何が起こっているのか分からなかった。サイコにすり寄って、デコピンは何がしたいのだろう。二人を見較べていると、サイコが口を開いた。

「了解しました。ご迷惑をおかけすると思いますが、引き続きよろしくお願いします」

「ＯＫ、ＯＫ。任せとけ」ふたたび手を挙げ、デコピンは踵（きびす）を返した。「じゃ、陣中見舞いに来ただけだから。今度は差し入れでも持ってくるよ。皆さんもよろしく！」

9：31

「何で野球やサッカーって〝侍ジャパン〟とか〝サムライブルー〟っていうんだろうな」

　十階の会議室へ上がる途中、おれは刑事部長室へ寄った。秘書に了解を取り中へ入ると、デコピンはコーヒーを飲んでいた。いつもより垂らしたコニャックの量が多いようだ。顔もほのかに赤い。カップをデスクに置いて続けた。

「ＷＢＣやワールドカップでも、日本最大の武器は〝粘り強さ〟だ。〝雨ニモ負ケズ、風ニモ負ケズ〟だよ。侍なんて都合悪くなったら、腹切って終わりだからな。本来は――」

　デコピンは、農家に対する最近使わない表現を用いた。

「――そう呼ぶべきだろ。そうは思わねえか、ロミオ」

はあと答えた。何を言っているのかよく分からない。酔っぱらっているのだろうか。

「そういうおれも侍さ」デコピンは立ち上がった。「結局、諦めが良すぎんだよな」

デコピンが近づいてくる。〝デコピン〟される！　今度はレベル5だ。おれは額を庇い、目を瞑った。そんなもん喰らったら、自分がどうなるか。まったく分からなかった。

「心配すんな」目を開けると、デコピンは中央のソファに座っていた。「デコピンなんかしやしねえよ。レベル5は気力と体力がいるんだ。今は気分でもないしな」

デコピンがサイコにおもねった理由。これからどうなっていくのか。聞きたいことは山ほどあったが、どう訊けばいいのか分からない。

「これからどうするんですか」

おれの陳腐な質問に、デコピンは視線を向けてきた。

「骨折してる競輪選手の車券買ってやるほど、余裕はねえよ」デコピンは鼻を鳴らした。

「負け犬は見捨てて、さっさと勝ち馬に乗り換える。それが大人のエチケットさ。変わり身の早さは、日本人のDNAに刻まれた特殊能力だ。知事様には恩を感じているが、共倒れするまでの義理はねえからな」

そういうもんだろうか。おれはどうすればいい。デコピンが続ける。

「生き延びるのに、恥や外聞は必要ない。それが証拠に、政治家は死なねえだろ。自殺するのは庶民だけだ。あいつらが持ってるゴキブリ並みの生命力は、国民皆が見習うべきかもな。死にたくなったら、議員の図太さ思い出せってよ。だから、お前も――」

少し言葉を切り、デコピンはおれを見据えた。

「誰に尻尾振るのが一番得か。よおく考えて、とっとと決めとけよ。くれぐれも間違えねえようにな、ロミオ」

13：23

十階の大会議室は、ようやく捜査本部の態をなし始めていた。職員は交替で昼食を摂った。おれも近くの定食屋へ向かった。

カフェのような趣だが、ランチは日替わり一種類だけ。和食が中心だ。今日のメインはカレイの南蛮漬けだった。あっさりしていい。多少の空腹は感じていたが、食欲旺盛とはいい難かった。頭を悩ませる問題が多すぎる。解決するどころか、増える一方に思えた。

座ったカウンター席からは、天井下のＴＶがよく観えた。出された水を飲みながら、視線を上げた。

画面が切り替わった。県知事室の映像だ。我妻晴彦から小坂皐月へ、引き継ぐ様子が映されていた。現職、新人ともににこやかだった。激烈な選挙戦の末、政権交代が行なわれたようには到底見えない。単なる人事異動のようだ。

政治家は、微笑むのも仕事のうちだ。明るい表情は何も意味しない。小坂はともかく、我妻は腹の底でどう思っているのか。負けを認め、晴れ晴れとした気持ちか。まだ一発逆転を狙っているのか。

すでに、デコピンでさえ手を引き始めている。おれはこれからどうなってしまうのか。誰に尻尾を振るのが得か。確かに考えなければならなかった。

県警本部十階へ戻ると、サイコが大会議室に来ていた。

「土光部長から指示があってね」おれを認めると話しかけてきた。「宮島峻司のところへ謝罪に行けって。稲光さんといっしょにお願いできるかな」

おれは戸惑った。どう答えていいのか、言葉が見つからなかった。

「ほんと小心者ねえ」先回りするようにサイコが言った。「顔と同じくらい、気持ちも堂々としてなさいよ。今さら、どの面下げてって思ってるでしょうけどさ。私もいっしょに行ってあげるから」

この女はどこまで気づいているのか。言われたとおりにするしかなかった。

移動には、いつものレクサスを使った。稲光は終始仏頂面を崩さず、サイコは楽し気でさえあった。

おれも気が重かった。冤罪捏造(えんざいねつぞう)まではばれているとは思えないが、どんな厳しい言葉をかけられるか。最悪、訴訟もあり得る。

宮島宅に着いた。本人と両親の三人が出てきた。中に通されることはなく、玄関先で行なうこととなった。

　サイコが先頭に立ち、自ら謝罪した。最後に揃って頭を下げた。口を開いたのは、地銀勤めの父親だった。

「地元の人間としては、県警さんが仕事熱心なのは喜ばしいことなんですが」

　淡々とした口調から、怒りは感じられなかった。

「ただ気をつけていただきませんと。今後はこのようなことがないようお願いします」

「はい。申し訳ございませんでした」

　サイコが再度頭を下げ、おれと稲光も倣った。あっさり赦（ゆる）された安堵（あんど）と同時に、違和感も覚えた。簡単すぎる。これは、すべて織りこみ済みのとんだ茶番ではないのか。

　帰りの車でも考え続けたが、状況解析はおれのキャパを超えていた。

19：27

　サイコの指示で、おれと稲光は帰宅を許された。

「今日は、もういいわよ」官舎へ送ると、サイコは言った。「さすがに疲れたでしょ。捜査本部には私が言っておくから」

「ありがとうございます」素直に言った。

「たまにはサービスしないと、職場で悪い評判広められちゃうからね。お嫁に行けなくなったら困るし」

行く気あったのか。言及せずにいると、冗談よと返された。

県警本部十階の捜査本部では、まだほとんどの捜査員が仕事中だ。顔を出すのは気まずい。稲光を送ったあと、おれも直帰した。レクサスは近くのコインパーキングへ入れておいた。明日、そのままサイコの迎えに使えばいい。

シャワーを浴び、夕食の前に冷蔵庫から缶ビールを取った。食欲はなかった。TVを祝華放送に合わせると、地元ニュースの時間だった。

我妻晴彦が映った。任期最終日、県庁職員に見送られながら退庁するところだった。若い女性職員から花束を受け取り、我妻は満面の笑みを浮かべていた。長い列をなす職員たちと握手を交わし、待機している車で県庁を去るのだろう。

「皆様、大変お世話になりました。優秀な職員に恵まれ、ともに素晴らしい県政を推進できたこと、本当に感謝しております」

我妻が告げた。敗者の花道を歩きながら、何を感じていたか。これからのことを、どう考えているのか。興味はあるが、理解の範疇外だった。おれが心配することでもない。互いに、自分のことだけで精一杯だ。

見送る県庁職員は涙を流す者と、笑みを浮かべた人間が半々だ。花道に並んでいるのは若い女性を除くと、幹部クラスが大半だった。皆、内心は共通している。新しい知事にどうやって取り入るか。そのことで頭の中はいっぱいだろう。誰もが世渡りの術には長けていた。でないと、この町では生きていけない。おれに真似できるか、正直不安だった。

画面が地元グルメ情報に切り替わったところで、インターフォンが鳴った。夏崎だ。数分前、訪問する旨の連絡があった。急だったため、酒のストックがない。近くの焼鳥屋へ出かけることにしていた。

おれの案内で焼鳥屋に着くと、奥の座敷へ通された。個室を予約していた。先に腰を下ろした夏崎が言った。

「大騒ぎになったな」

「県警は大混乱さ」おれも腰を下ろす。「今日も、ほかの連中は徹夜だと思う」

「デコピンさん、どうしてる？」

「我妻を見限って、サイコの軍門に降った。へこへこ媚売ってたよ」

「マジか」夏崎が顔をしかめる。「おれは金次第だから、誰がどっち向こうと関係ないけどさ。お前はそんなわけにいかないだろ」

「で、今日は何？」

「ああ。待たせて悪かった——」

店員が注文を聞きに来た。話を中断し、生ビール二つと焼き鳥数種を頼んだ。

「これ見てくれ、ロミオ」

生ビールが届いたところで、夏崎が茶封筒を差し出してきた。焼き鳥ができ上がるには、もう少し時間がかかるだろう。

「これだろ、お前が欲しかったヤッって」

中には写真が一枚入っていた。隠し撮りらしい。カフェらしき場所で、サイコと須田芹果が向かい合っている。

「そう、これだ！」おれは言った。「ありがとう。感謝するよ。金はあとで請求してくれ、まとめて払うから」

これがあれば、サイコと話ができる。一連の出来事について、裏では何が起こっていたのか。聞き出すこともできるだろう。

おれは、サイコとの直接対決を決意していた。

一二月一日　金曜日　8：41

いつもどおりサイコを迎えに行き、おれは課室の自席に座っていた。

さわやかに晴れていたが、放射冷却の朝となった。今までになく冷えこんだ。短い秋が終わり、冬が始まろうとしていた。

レクサスの車内で、サイコの機嫌はフラットだった。良くも悪くもない。そうした朝も稀（まれ）にある。何か考えているようにも見えた。それは、おれも同じだ。

ＴＶでは祝華放送が、新知事――小坂皐月の初登庁を映していた。おれが課室待機を命じられたのも、県庁の様子をチェックするためだった。捜査本部には、まだTVが設置されていなかった。今日の午後になるという。

　質素な映像だった。知事就任時恒例の花束贈呈や、職員の出迎えは一切なかった。高齢の女が一人、自転車で出勤しているだけに見えた。小坂がインタビューに答えた。

「出迎え等の手間で、業務を停滞させてはいけません。県民への奉仕を優先するよう昨日、職員の皆様にはお願いしておきました」

　出退勤時の知事公用車使用は、安全確保の意味もある。今後検討となっているようだ。県庁職員や県民へのインタビューに切り替わった。小坂の方針は、おおむね好意的に受け止められていた。県民はともかく職員がカメラに向かって、新しい親分の悪口を言うはずもなかったが。

　サイコも課室でTVを観ていた。おれは立ち上がり、課長席へと向かった。

「課長」少し声のトーンを落とした。「ご相談があるのですが。できれば二人で」

8：52

　おれとサイコは、九階の小会議室へ移動した。刑事部の職員が、ちょっとした打合せ等に使う部屋だ。

　サイコは、おれの申し出をあっさり了承した。捜査本部に入るのが遅れる旨も、自ら連絡した。おれが声をかけることを、予想していた風にも感じられた。

「で、相談って何？」

サイコが言った。部屋の奥、窓際の席に座っている。足と腕を同時に組んだ。顔が少しだけシルエットになる。

「早く済ませて。忙しいんだから」

会議室内は中央に長机四脚が二つずつ合わされ、大きな長方形をなしている。椅子は二脚ずつの計八脚。おれは、サイコの向かい側に座った。

「これを見てください」

茶封筒を長机に置き、夏崎からもらった写真を引き出した。サイコが目だけ向けてくる。

「一緒にいるのは、須田芹果ですよね」おれは言った。「いつから知り合いだったんですか」

蛍光灯は点けていなかった。灯りがなくても充分明るい。ブラインドは下りていたが、羽根は開いている。初冬の陽光が射しこんでいた。

「彼の尾行には気づいていたわ」サイコは写真から視線を上げた。「わざと撮影させたの」

サイコの表情に変化はなかった。淡々とおれを見据えている。おれは続けた。

「課長は、小坂皐月の選挙を陰からサポートしてきたんでしょう。〝祝華の夜凸〟のときでしたか。県庁の採用年齢上限撤廃を〝入れさせといたらよかった〟って言ってた。選挙のとき新知事が出していた政策は全部、課長の案ですよね」

「どうして、そう思うわけ？」

「現職知事だった我妻晴彦を落選させるためですよ」

精一杯、声に力をこめて告げた。サイコは、特に反応を示さなかった。

「課長のお父さんは生見紘一氏」臆さずに言葉を継いだ。「晴彦の父、我妻晴資の私設秘書だった人です。生見氏は、祝華建設から晴資が受け取った違法献金の責任を取って自殺した。その恨みを晴らすためですよね」

「ふーん」面白くもなさそうに呟き、サイコは微笑んだ。「よく調べたじゃない。でもね。親父は自殺じゃなくて殺されたの」

「え？」一言漏らし、おれは絶句した。

「我妻晴資が県警に依頼したのよ。今の土光一、デコピンの位置にいた人間にね。そのころは、部長もまだぺーぺーだったから。そいつからデコピンに話が下りて、実際に手を下したのは貞野。今の公安課長ね。そういう悪事を重ねて、連中は昇りつめていったのよ」

サイコは言った。貞野と捜査第一課長の岩立。二人の分担は、県警内部の認識とは逆だった。貞野が汚れ仕事を、岩立がブレーンの役割を担ってきた。

「岩立は、昔から情報収集や分析による策略を担当してたみたい。今は捜査一課員が、その手足となっている。実際に手を下すのは貞野の役割。周囲に気づかれないよう、デコピンはわざと逆の噂を流してたんでしょうね」

「なら、余計に連中のことを――」

「ああ、ないない」

おれの言葉を遮るように、サイコは顔の前で手を振った。表情は明るいままだ。実の父親が殺された話をしているようには、到底見えなかった。

「ぜーんぜん、恨みになんか思ってないし」

軽い口調だった。雨で遠足が延期になった程度の悔しさも感じられなかった。

「大体ね。親父が殺されたのも、違法献金の口封じなんかじゃないの」

それはカムフラージュだとサイコは言う。生見は祝華建設の営業部長だった。現在の社長――櫻井陽平の父、先代社長の時代だ。

生見は営業部長の立場を利用し、祝華建設の醜聞――我妻への違法献金や談合の証拠を集め、脅迫した。目的は現金と出世。窮した先代の櫻井は、我妻晴資に泣きついた。談合はともかく、違法献金の証拠は我妻にも命取りだ。二人は結託、生見を始末することにした。

櫻井と我妻は、違法献金に関する情報をあえてマスコミへ流した。全体から見れば、ごく一部に過ぎない。弱みをあえて見せることで、それが真の動機と悟られない効果も計算していた。さらに、秘書――生見が勝手にやったことだと罪を擦(なす)りつけた。その責任を取る形で、生見が自殺したように見せかけるためだ。

要求を呑んだようなフリをし、櫻井と我妻は生見に酒を呑ませた。酒には睡眠薬が入っていて、生見は前後不覚となった。貞野が生見の車で湾岸道路まで運び、海へ飛びこませた。素手で車ごと押しこんだそうだ。雑な手法だが、当時捜査第一課所属だったデコピンと岩立が、現場に残されていた証拠類は闇へ葬ったという。

「手の込んだ真似するよね」サイコは鼻を鳴らした。「殺人を自殺に見せかけられるなら、多少ヤバい金を表に出しても必要経費。まあ、そういう割り切り方は嫌いじゃないけど。でもさ、汚い真似で旨い汁吸ってる連中と、それをネタに強請ろうとした奴。どっちもどっちだと思わない？　我妻や櫻井は見下げ果てた連中だけど、私の父親もロクなものじゃないわ。娘から見ても自業自得としか言いようがない」

「いつから、親父さんの死に疑問を抱いていたんですか」

「昔からよ」感情の込もっていない声だった。「学生時代はもちろん、警察庁に入ってからもね。退屈だったのよ。学校の勉強も、就職してからの業務や新人研修もね。簡単すぎて。だから、その合間に暇つぶしがてら調べてたの」

サイコは、生見の実家からも話を聴いた。元は貧しい小作農だが、古い家だった。屋敷もそこそこ大きい。遺品が残っていることが分かり、帳簿の写し等を発見した。祝華建設の談合や違法献金の証拠となるものだ。我妻や櫻井、デコピンたちも捜してはいたのだろう。さすがに、生見の実家までは手を出しかねていたらしい。

「かなり、分かりにくいところに隠してあったからね」サイコは言う。「生見の実家を大掃除しないと、見つけ出すのは無理だった。私も埃（ほこり）だらけになっちゃったわよ」

帳簿類を発見し、サイコはすべての察しがついた。だが、仇（かたき）を取るつもりにはなれなかった。自身が語っていたとおり、どっちもどっちだ。だから、その事実を活用させてもらおうと決めた。献金や談合の証拠類はすべて、生見の実家から持ち出した。

「で、息子の櫻井に見せた。ほら、あんたと祝華建設（イワケン）を訪問したときよ。先代から話は聞いていたみたい。それで観念したのか、父親たちの犯行を認めたわ。実行犯も教えてくれてね。それが公安課長の貞野だった。もちろん、デコピンたちも協力してたわけだけど」

櫻井との面談は、突撃の一発勝負を狙っていた。奴に考える隙を与えないためだ。似鳥工業の出入金記録をレクサスに忘れたのは、わざとだ。忘れた書類の回収におれを向かわせ、二人きりになるためだった。その間に生見の娘であると話し、証拠を提示。先代が、父を殺したことも知っていると告げた。

櫻井は、先代から我妻への借りを引き継いでいた。古い話だ。殺人はともかく、当時の献金や談合は時効を迎えている。殺人に関しても証拠はない。サイコは続けた。

「だけど、建設業者もしょせんは客商売。文書つきで噂流されたら、かなりのダメージにはなる。地元の建設業界だって、無条件でイワケンを敬い奉っているわけじゃない。隙あらば、そのトップの座を奪い取ってやろうと狙ってるわ。何もしないで殿様商売続けられるほど、祝華建設も安泰ではないのよ」

サイコは続ける。事件発生当時なら、惚けられて終わりだった。今はネットが発達している。傍証となる帳簿もある。生見殺害は信憑性の高い話として、瞬く間に広がるだろう。櫻井は即決した。自身と会社を守るために、我妻を切り捨てた。あのデコピンでさえ、選挙結果確定までは決断できなかったことだ。県下一の祝華建設といえども、時流を見誤れば沈没するしかない。

櫻井は話に乗り、サイコと裏取引をした。

「事実を公表しない代わりに条件をつけたの。イワケンが握っている県内建設業界の票を、すべて皐月っちに投票させろって。もちろん極秘裏に。我妻やデコピンに気づかれないよう念も押したわ。もし新人が落選したら、事実を公表すると脅してね。すべての業界票が皐月っちに移ったとは思えないけど、一定の効果はあったんじゃない」

おれが社長室へ戻ってからの会話内容は、取引したあとサイコが櫻井に指示したものだ。情報がデコピンに伝わらないよう、あえてとぼけた話をしていた。

「似鳥工業の贈賄が、偽装と気づいたのは直感。知事選前に、組合幹部の収賄が発覚する。あまりにもタイミングが良すぎるわ。それからよ。私が、デコピンの動きに耳を澄ませることにしたのは。櫻井との取引で、似鳥工業はもう用済みだった。だから、似鳥が柴田への入金は誤りだったと主張した際も認めることにしたの。贈収賄事案はなかったとした方が、選挙で我妻が有利となる要素も減るし。ま、おまけみたいなものだけど」

おれが証拠書類を処分したのも気づいていた。こちらも用済みだったということだ。おれの行動に気づいているとあえて匂わせ、サイコは揺さぶりをかけてきた。

「あんたの反応、慌てふためく様が面白くてね。芹果っちに関しても同じよ」

須田芹果についても、あえて名前を見せた。おれを動揺させることにより、デコピンや我妻への牽制にもつながると考えたからだ。

「どうして、そんなことしようと――」

「気づいてないの？」サイコの表情が初めて動いた。心底驚いているようだった。「すべてのきっかけは、あんたよ」


おれが須田芹果の被害届を潰したことを、サイコは知っていた。須田を暴行した男の名は、米倉保志。現在は、地元ＩＴ企業の社長だ。大学時代は東京の仲間と、同じ手口の睡眠薬レイプを繰り返してきたという。

「あのクズは、今でも上京時に仲間と犯行を繰り返してるわ。警視庁が内偵中。早晩逮捕されるでしょうね」

米倉について、警視庁が内偵しているとサイコは知った。祝華市関連の情報にアンテナを張っていたからだ。警察庁はじめ首都圏の警察女子職員と、情報交換用のネットワークを持っているらしい。

「関心を持ち調べてみたら、芹果っちが米倉のＩＴ企業を急に退職したっていうじゃない。おかしいと思って連絡を取ってみた。何とか説得してレイプの事実を聞き出したわ。被害届を取り下げさせたのが、あんたの仕業ってことも。ひどいことしやがるわね」

おれは言葉がなかった。蔑（さげす）んだ目で見ながら、サイコは鼻を鳴らした。

「あんた。私が自分の地元に出向させられたの、偶然だと思ってる？」

「えっ？　違うんですか」

「んなわけないじゃない」サイコは嗤（わら）った。「警察庁に、若手キャリアの人事司（つかさど）ってる上司がいるんだけどね。そいつの不倫ネタつかんで脅してやったの。これも女子職員のネットワークからもらった情報。で、Q県警に赴任させるよう要求したわけ」

小坂皐月に対し、知事選に出馬するよう説得したのもサイコだ。

「誰か、知事にいい人いないか探してたのよ。皐月っちとSNSで知り合い、勧めたらあっさり引き受けてくれた。元々、県職員になりたかったみたい。家の都合で書道教室を継いだらしいんだけど。県庁に勤めるのが夢だったんだって、あと知事様とも呼ばれてみたいとか言ってたけど、それは止めた。だって〝様〟づけって田舎臭いでしょ。あんたが言ったとおり、政策は私が作ったわ」

静かな選挙運動や、上品な選挙事務所もサイコの案だ。

「多少は趣味に走るのもいいかなって。初の女性知事就任や、皐月っちの政策も反発を呼ぶとは思うわ。もちろん、裏からサポートしていくけど」

あまり心配はしていないとサイコは言った。

「前政権にへばりついて旨い汁を吸ってた幹部連中は除いて、下っ端の県庁職員にはトップの変更なんてあまり関係ないもの。別に給料が下がるわけでもないし。書類の知事名を変更する手間だけでしょ。今までどおり粛々と働くだけよ」

「話変わるんですけど」

おれは言った。緊張が続いていたので、息抜きをしたかった。

「女性の名前に、〝っち〟ってつけてるのって」

「私の癖よ。親しい女の子は、下の名前に〝っち〟ってつけるの。高校時代からそうだったんだけど。知らなかった？」

おれはよく覚えていない。当時は、こいつの行動に興味もなかった。嫌がらせから逃れたかっただけだ。今回も、耳障りだから訊いてみた。それを言うなら、何もかもが気に障っていたわけだけど。

「〝祝華の夜凸〟は、やはり課長が？」

「そうよ。県庁内の選挙違反は公然の秘密だったし。あとは、誰かが追及するよう背中を押してやれば、火を点けられる。そこで、桃子っちと汐里っちに話を持ちかけたの」

茅島と近藤は、ともに冷や飯を食わされていた。茅島は県庁への批判記事、近藤はセクハラ被害を訴えたことで。意気投合したサイコは、二人を誘いこんだ。

「建設業界の組織票を掌握したから、皐月っちは相当に有利となったけど。ダメ押しに、浮動票も取りこんでおきたかったのよね。いくら〝魔女のおばさん〟って呼ばれてても、まさか魔法が使えるわけじゃないしね」

　当選後の人気を維持するためには、我妻を貶めておく必要もあった。おれは気づいた。開票作業中、サイコが「なかなか粘るわね」と言ったのは、我妻を指してのことだった。小坂の勝利を確信していたからだ。

「あの晩、おれは確かに飯沼の死体を――」

「ああ」サイコは機械的にうなずく。「見せたからね」

　用地課長の死を偽装したのは、サイコだった。一人で先に訪問した際、説得した。

「話は早かったわよ。飯沼っていう県庁の用地課長は、我妻や取り巻きの恐ろしさをよく知ってたから。このままでは殺されるわよって言ったら、あっさり了承したわ。会議室の合鍵を持っていることも聞き出した。協力を依頼してあった警察庁の女性職員に連絡して、東京で匿ってもらったの。カードを切るタイミングまで」

　死体に扮した飯沼を見せたのは、デコピンに奴が死んだと思わせるためだ。

「あんたが連絡している隙に、飯沼は自宅の押入れに一時隠れさせたのよ。貞野と岩立、その手下が来てるのは分かってたわ。さすがに殺すまではしなくても、何らかの形で口を塞ごうとするとは思ったから。一刻の猶予もなかった」

　そのあと茅島や近藤の手引きで、飯沼は脱出した。その後の彼女たちによる取材活動は、何も知らないと思わせるための芝居だった。

おれは、デコピンが動かなかった理由に思い至った。誰が飯沼に手を下したのか分からなかったからだ。デコピン側も状況を見極めていたのだろう。

〝祝華の夜凸〟までの経緯は分かった。次は祝華市長――平川克也のスキャンダルだ。嘘八百だと、サイコは気づいていたのか。

「政治家の常套（じょうとう）手段だから」サイコは鼻で嗤った。「ヤバいネタが持ち上がったとき、別の醜聞で民衆の目を逸（そ）らすのは。タイミング良すぎるわよ、あからさますぎ」

「どうして甲斐あみさは主張を翻して、寝返ったんですか」

「あみさっちは、私が説得した」

甲斐の自宅で、おれが席を外している間に説得した。サイコの指示で、コンビニエンスストアへ飲み物を買いに行っていたときだ。

「我妻は落選する。借金を肩代わりしてくれる件も反故（ほご）になるよ、とね。デコピンたちより先に借金を整理して、あみさっちの信用を得たわけ」

甲斐の実家が抱えていた借財は、地元の信用金庫に集めて整理した。職員指導の下、無理のない返済計画が立てられた。借金まみれとなった際における、もっとも有効な手段らしい。

「借金の整理や、闇金の説得には貞野を使ったわ。私の父親を殺したでしょって追及したら、あっさり折れた」

追及には祝華建設の櫻井を同伴させた。殺されたりしないよう安全確保のためだ。櫻井が認めている以上逃げ場はない。貞野は折れるしかなかった。

「それから、貞野の奴は顎で使ってるの。なかなか便利よ。ちなみに弁護士の石井を、あみさっちに紹介したのも私」

「事前調査や出口調査では、現職が圧倒的に有利でしたよね」おれは、ほかの疑問も口にした。「どうやって、一気に逆転したんですか」

「建設業界は大きな票田だけど」

少し真摯な表情で、サイコは語り始めた。

「すべてじゃない。勝利を過信できる状態じゃなかったのよ。一次産業や町工場など、手をつけられていない票も大きかったし。〝祝華の夜凸〟でかなりの浮動票は得ていたとしても、勝利は絶対とはいい難かったわ。だから、現職陣営を油断させておく必要があった。最低でも建設業界の票が動いたことは、悟られないようにしないといけなかったの。下手すれば逆襲されるから。やり過ぎて、皐月っちの当確がなかなか出ないのには困ったけど」

結果、小坂はハナ差で逃げ切った。

「やっぱ、強いわ。我妻一族は。もう少し楽勝かと思ってたけど」

サイコは苦笑した。

「宮島峻司の選挙違反が捏造だってことは」

今さら隠しても仕方がない。おれはストレートに告げた。

「ビール券一万円相当って」サイコは嗤った。「いくら何でも、そんなしょぼい贈賄しないわよ。現金数千万円とかならともかく。デコピンもケチったわね」

当初から気づいてはいたが、デコピンの出方を見る必要もあった。宮島にはサイコ直々に連絡し、聴取に耐えるよう依頼した。必ず助けるとも言った。水曜の聴取時、少しだけ宮島に生気がもどった様をおれは思い出していた。

「今さらだけど宮島峻司のアリバイは、皐月っちはじめ関係者全員で口裏を合わせただけ。目には目を、偽装には偽装をよ」

「もっと早く手を打てたんじゃないんですか。宮島、相当弱ってましたよ」

「あんたに言われたくないわよ」サイコが睨んでくる。「次の手は、県庁の特別会議室を開放することだったけど。飯沼を東京から呼び戻す時間を稼がなきゃいけなかったし。桃子っちや汐里っちとも相談して、もっとも効果的なタイミングで県庁に向かわせる必要もあった。相談しながら様子見てたのよ。宮島くんには悪いことしたけど」

宮島には、県関係の就職先を紹介する予定だという。それも、おれたちの謝罪をあっさり受け入れた理由かも知れない。

「私が芹果っちと会っているところを撮影した奴だけど」サイコが言った。「名前は夏崎っていうのよね」

　そうですと、おれは答えた。陽がさらに昇ったか、射しこむ陽光が強くなっている。その割に、室温は上がる気配がない。一二月を実感した。

「あの子、なかなか優秀ね。評判も聞いているわよ。地元政界で知らないことはないんだって？　私の背景調べたのも、彼よね」

「課長も、僕のことを調べてるんじゃないんですか。おれの部屋を盗聴したり、盗撮までしてるでしょう」

「はあ？」サイコは目を見開き、口も大きく開いた。今日の中では、一番表情が崩れたかも知れない。「何で、そんな真似しなきゃいけないわけ」

「い、いや。おれが部屋で鏡見て、その――」

「あの〝おれ、かっこいい〟とか言ってるってヤツ？」サイコの顔が、さらに崩れた。

「あれは冗談よ。まさか、マジでやってんの。嫌だ。やめて、本気で気持ち悪い。いくら何でも引くわ。あんた、何者？」

　墓穴を掘った。おれは目を伏せた。サイコの軽蔑(けいべつ)に満ちた視線が耐えがたかった。

「……でも、ここまでしたっていうことは」

　話題を変えることにした。ガラスの自尊心が、音を立てて崩れ始めていた。おれという最高の芸術品には、似合わないシチュエーションだ。そう思ってくれるだろ。

「やはり、我妻一族を憎んでいたんですよね」

「別に」

サイコは平然と答えた。無理やり話の接ぎ穂を探しただけだったが、この回答はおれを本気で驚かせた。

「我妻みたいなうっとうしい連中が、故郷でのさばってるのがウザかっただけよ。今回の知事選は、連中を一掃するいいチャンスだと思ったわ。警察庁の若手キャリアは、どうせ二年は地方で過ごすことに決まってる。なら、快適な環境の方がいいでしょ。住んでいる家がぼろいのは気にならないけど、町が腐ってるのは別よ。指揮命令系統は違うけど、同じ県の機関じゃない。我妻みたいなキモオヤジが、県知事に居座っているのは不愉快千万だから」

「これから、我妻をどうするつもりですか」

「県庁の選挙違反はじめ徹底的に叩くつもりだけど、訴追まで行けるかどうかは不透明ね。向こうも全力で抵抗を試みてくるだろうし、県内には擁護する人間も多いだろうから。一筋縄じゃ行かないんじゃない？　私も万能じゃないし」

他人事みたいな口ぶりだった。デコピンについても訊いてみた。

「どうもしないわよ。無能な善人より、有能な悪党。向こうが言うことを聞くなら、潰すより使った方がよっぽどお得だわ。少子化や、子育てに関心があるところも嫌いじゃないし。特別養子縁組を推進してるなんて最高じゃない」

我妻落選の絵を描くうえで、デコピンがもっとも危険な存在だとサイコは考えた。そのため計画が漏れないよう、櫻井や貞野には口止めしていたという。小坂の当選が確定するまで、蚊帳の外に置いていた形だ。サイコは言う。

「さすがに、今はすべて察してるんじゃないかな。この間も、そんな様子だったし」

「でも、デコピンがこのまま黙って言うことを聞いてるかどうか、保証は――」

「そうね」サイコはうなずく。「向こうがすり寄ってきてるのも、起死回生のチャンスを狙っているのかも知れない。今も我妻側についていて、これ以上罪を問われないよう獅子身中の虫を狙っている可能性もある。皐月っちと我妻、どっちにつくのが得か。天秤にかけてるんじゃないかな。それはしょうがないわよ。有名な詩じゃないけど、人間だもの」

殺しのネタを握っている以上、デコピンだけでなく櫻井や貞野も言いなりにできる。潰すのは簡単だが、使った方が有益だ。サイコはそう判断した。県警及び県内の建設業界は、ほぼ掌握したといえる。

「それでいいんですか」

おれは言葉を振り絞った。話している内容に現実感がなかった。

「お父さんのこととか。殺った奴らを罪に問わなくても……」

思わず口を噤んだ。サイコは嘲るような笑みを見せた。今まで見せた中で、もっとも邪悪な表情だった。

「駄目な父親の仇討ち気取って、連中をブタ箱へぶち込んだって一文にもならないわ。

正義などしょせん自己満足、トイレットペーパー一ミリの方がまだ使える。それより連中をこき使って、せいぜい私の役に立ってもらう。その方が娘のためになると、死んだ親父も草葉の陰で喜んでると思うわよ。違う?」

「質問攻めにするから疲れたじゃない」

サイコは首を回した。おれは掌の汗をスラックスに擦りつけた。

「選挙民の意識が変われば」サイコは言った。「こんな真似する必要もなくなるんだけどね。既得権益にたかる寄生虫どもが絶滅しないうちは、仕方ないわ」

おれは恐ろしくなった。この女の考えには、おれの想像などはるかに及ばない何かがある。どうすれば、こんな人間になれるのか。初めから、勝負は決まっていたのかも知れなかった。

「それから、あんたたちが遊んでた裏金だけど」サイコは続けた。「デコピンから通帳受け取って、本部長に渡しといたから。ま、鍵がかかる引き出しの奥にでもしまって、なかったことにしちゃうでしょうけど」

今の県警本部長は、事なかれ主義で有名だ。空気のような存在で、いつ登庁したのかさえ分からないと言われている。警察庁のキャリアでも、あそこまで割り切ってやる気がない奴は珍しい。裏金など面倒な問題は、闇に葬って終わりだろう。

「裏金には、どうして気づいたんですか」

おれは訊いた。サイコはあっさりと答えた。

「あの特殊詐欺絡みの宴会。デコピンは自腹を切るタイプじゃないし、刑事部長ともあろう者が、割り勘にもできないでしょ。ああ、裏金作ってるんだなって確信した。それだけよ。それより、あんた。自分の今後を訊いてこないわね」

それは一番に質問したいことだった。だが、口にするのが怖いとも感じていた。

「芹果っちとも話したんだけどさ」

サイコは話し始めた。若干優しい口調に思えた。

「米倉のバカは、すぐに警視庁が逮捕するだろうけど。彼女はあんたの説得が尾を引いているのか、米倉の刑事責任を追及するつもりはないそうよ。裁判とかに出廷したくないんだって。弁護士の石井を使って、米倉からたんまり慰謝料はせしめる予定だけどね」

そうか。金だけでも彼女に渡ればいい。言えた義理ではないが、少しほっとした。

「あんたのやったことがいかに卑劣か、よおく説明したんだけどね。こんな女の敵を、あの子は別に恨んでないそうよ。よかったわね」サイコは続けた。「あんたも母親の入院や、奨学金の返済などで生活が苦しいことは知ってる。だから、同級生のよしみで罪を見逃してもいい。ただし、言うことを聞くならね」

おれは目を上げた。サイコと視線が絡み合った。

「つき合って欲しいのよ」

言葉の意味を呑みこむのに、少し時間がかかった。おれは頰が緩むのを感じた。

「……何だ、お前。やっぱり、おれのこと——」

「はあ?」

サイコの顔が極限まで歪(ゆが)み、憎悪に満ちた視線が向けられた。机の上で走り回るゴキブリを見る目だ。

「何言ってんの、あんた? 脳味噌(のうみそ)にアニサキスでも湧いてんじゃないの。あんたとつき合うくらいなら、シャブでラリってるウジ虫と結婚した方がましよ」

額に散水ホース並みの血管を浮き立たせ、サイコは叫んだ。

「私じゃないわ、玖瑠美っちとよ!」

玖瑠美っち。誰だ、それ。最近、そういう女の名前を聞いたことがある。思い出し、血の気が引いた。足のつま先から、全身の血液が流れ出していくような感じだった。

〝横綱ちゃん〟だ——

「会計課の安部玖瑠美ちゃん、知ってるでしょ。彼女と交際しなさい」

サイコは命令口調で告げた。冗談を言っているようには聞こえなかった。

「玖瑠美っちには借りがあるのよ。沙耶(さや)っちとの仲を取り持ってくれたから」

デコピンの秘書は長野(ながの)沙耶という。長野をサイコに紹介したのが、〝横綱ちゃん〟こと安部玖瑠美だった。サイコは長野をデコピンに対するスパイとして使っていた。デコピンと我妻の関係その他刑事部長室で話される策略は、ほぼ筒抜け状態だった。贈収賄の偽造、県庁内での選挙違反、市長のスキャンダル創作、小坂の選挙違反捏造etc. その段階で県警のすべてが、サイコの掌上にあったわけだ。

おれは自分自身もまた、サイコの策略に嵌まったと気づいた。この女は最初から、おれと〝横綱ちゃん〟との縁組に持っていくつもりだった。易々と質問に答えていた時点で、なぜ怪しいと思わなかったのだろう。

「私は止めたのよ」サイコが嘆息する。「あんたが、どれほど最低な人間か。どこまでバカで、どれほど人でなしか。説明して、納得させようとしたんだけど。あんたの女性遍歴ファイルまで作ってさ」

先日送られてきた表計算ソフトによる一覧表。タイトルは〝猿渡朗希くん愛の遍歴〟――〝確認しなさい〟とはそういう意味だったか。サイコが顔をしかめる。

「でもね。泣くのよ、玖瑠美っちが。どうしても、あんたがいいんだって。私には理解不能だけど、まあ仕方ないわよね。ありがたく思いなさい。あんたみたいなクズに、ワンチャンやろうって言うんだから。身を粉にして馬車馬ばりの努力で、玖瑠美っちを幸せにするしか、あんたが生き残る道はないの」

ふざけるな。どこのバカが、無敵の横綱とがっぷり四つにデートしたいと思うか。おれは心の中で叫び、立ち上がった。

「お、お前。残酷な刑罰は国際条約で禁止されてるんだぞ！」

皆、共感してくれるよな。誰か助けてくれ。

「お前？」

サイコの険しい視線が向けられた。おれはうつむいてしまった。

「……い、いや、その、あの……」

「何、訳わかんないこと言ってんの。罪を見逃してやったうえに、魅力的な彼女まで紹介してやろうって言ってんじゃない。これ以上の恩情ないわよ。まあ、早くあんたの本性に気づいて、玖瑠美っちが正気に戻ってくれたらいいんだけど」

サイコも立ち上がった。顔を少しだけ寄せてくる。真剣な表情で、瞳孔は開き気味だ。

「いい？　玖瑠美っちからあんたを捨てるのはいいけど、あんたから振ったり泣かせたりしたら、県警から叩き出すだけじゃすまないから。この町にいられるなんて考えない方がいいわよ。分かったわね」

気圧されるように、おれは椅子に腰を落とした。サイコが身を翻す。

「でも、私って寛大よね。覚えてる？　高校時代。あんた、私の親友をゴミみたいに振ったでしょ。そんな男のキューピッドまで務めるんだから、お人よしもいいところ」

おれは、再び思い出していた。サイコの友人を振った場面を。暴言をまき散らし、〝お幸せに！〟と捨て台詞を吐いたところまで。

サイコの足取りは踊っているかのようだった。軽やかに壁時計へ視線を向ける。

「もう、こんな時間だ。捜査本部へ行かないと。いいなあ、私も素敵な恋人欲しい。さすが、県警一の色男」

サイコがふり返った。今まで見せたことのない満面の笑みを浮かべていた。

「お幸せに！」

本書は書き下ろしです。
本作はフィクションであり、登場する
人物・組織などすべて架空のものです。

ロミオとサイコ
県警本部捜査第二課

柏木伸介

令和5年 9月25日　初版発行

発行者●山下直久

発行●株式会社KADOKAWA
〒102-8177　東京都千代田区富士見2-13-3
電話　0570-002-301（ナビダイヤル）

角川文庫 23809

印刷所●株式会社暁印刷
製本所●本間製本株式会社

表紙画●和田三造

●お問い合わせ
https://www.kadokawa.co.jp/（「お問い合わせ」へお進みください）
※内容によっては、お答えできない場合があります。
※サポートは日本国内のみとさせていただきます。
※Japanese text only

ISBN 978-4-04-113573-0　C0193

◇◇◇

角川文庫発刊に際して

角川源義

第二次世界大戦の敗北は、軍事力の敗北であった以上に、私たちの若い文化力の敗退であった。私たちの文化が戦争に対して如何に無力であり、単なるあだ花に過ぎなかったかを、私たちは身を以て体験し痛感した。西洋近代文化の摂取にとって、明治以後八十年の歳月は決して短かすぎたとは言えない。にもかかわらず、近代文化の伝統を確立し、自由な批判と柔軟な良識に富む文化層として自らを形成することに私たちは失敗して来た。そしてこれは、各層への文化の普及滲透を任務とする出版人の責任でもあった。

一九四五年以来、私たちは再び振出しに戻り、第一歩から踏み出すことを余儀なくされた。これは大きな不幸ではあるが、反面、これまでの混沌・未熟・歪曲の中にあった我が国の文化に秩序と確たる基礎を齎らすためには絶好の機会でもある。角川書店は、このような祖国の文化的危機にあたり、微力をも顧みず再建の礎石たるべき抱負と決意とをもって出発したが、ここに創立以来の念願を果すべく角川文庫を発刊する。これまで刊行されたあらゆる全集叢書文庫類の長所と短所とを検討し、古今東西の不朽の典籍を、良心的編集のもとに、廉価に、そして書架にふさわしい美本として、多くのひとびとに提供しようとする。しかし私たちは徒らに百科全書的な知識のジレッタントを作ることを目的とせず、あくまで祖国の文化に秩序と再建への道を示し、この文庫を角川書店の栄ある事業として、今後永久に継続発展せしめ、学芸と教養との殿堂として大成せんことを期したい。多くの読書子の愛情ある忠言と支持とによって、この希望と抱負とを完遂せしめられんことを願う。

一九四九年五月三日